Lilli J Wettke
656 days
Die Geschichte einer Überlebenden

Lilli J Wettke

656 days
Die Geschichte einer Überlebenden

Bibliografische Information der Deutschen Nationalbibliothek:
Die Deutsche Nationalbibliothek verzeichnet diese Publikation in der Deutschen Nationalbibliografie; detaillierte bibliografische Daten sind im Internet über http://dnb.dnb.de abrufbar.

Lektorat: Julia Deutsch
Korrektorat: Lilli J Wettke

Verlag: BoD · Books on Demand GmbH, Überseering 33, 22297 Hamburg, bod@bod.de

Druck: Libri Plureos GmbH, Friedensallee 273, 22763 Hamburg

ISBN: **978-3-8192-9640-6**

Für alle Blumen,
die selbst nach einem Waldbrand noch in der Lage sind zu
blühen.

Über Sie
Die Ruhe vor dem Sturm

Sie sieht gerne das Meer an. Oft steht sie einfach nur da, mit
ihren nackten Füßen im kalten Sand und dem wehenden
Wind in ihren Haaren. Da ist so ein bestimmter Geruch, der
die Ruhe vor dem Sturm ankündigt. Die Briese in ihrer Nase
klingt, wie der letzte Hilfeschrei des Meers bevor der Sturm es
verschluckt. Sie sitzt oft da, auf einer Düne, ihrer Düne, riecht
eben diesen Geruch und hört dem Meer bei seinen leidvollen
Schreien zu. Das Geräusch beruhigt sie, gibt ihr ein Gefühl
von Heimat, Heimelichkeit.
Nun liegt sie da, in sich verdreht. Ihr Körper ist an den meisten Stellen blau wie das Meer. Rotes Blut läuft aus ihrer Nase
und aus der Schnittwunde, die sein Messer hinterlassen hatte.
Sie hatte auf ihrem Nachhauseweg die Ruhe vor dem Sturm
gefühlt, hatte sich gefreut über die Heimelichkeit die ihr dieser Zustand gab. Sie war gehüpft. Nur noch fünf Minuten bis
nach Hause. Und nun liegt sie hier, eine Stunde später noch
immer sind es fünf Minuten bis nach Hause. Die Ruhe vor
dem Sturm ist verschwunden, denn der Sturm war losgebro-
chen. Nun verstand sie das Meer, und warum es schrie. Nun
lag sie da, allein gelassen. Ihre Hose war offen und ihr Shirt
klebte nur noch wie ein einziger zerrissener Fetzen an ihr.
Fünf Minuten und die Ruhe vor dem Sturm hätte nicht für immer ihre Bedeutung geändert. Fünf Minuten und sie wäre heil
zu Hause angekommen mit dem Gefühl von Heimelichkeit in
ihrem Herzen. Aber nein, er hatte sie gesehen und er hatte
sich haltlos gefühlt, er war rastlos über sie hergefallen wie der
Sturm über das Meer. Für ihn war es nicht von Bedeutung gewesen, denn sie war nur eins der vielen Meere, in dem er
seine Wogen geschlagen hatte aber das Meer war jetzt unru-
hig. Es bewegte sich weiter, warf riesige Wellen, hatte das Gefühl niemals wieder fähig dazu zu sein, zu Ruhe zu kommen.

Sie lag von außen ganz ruhig da, aber ihre Gedanken zogen sie in einem Strudel unter die Wasseroberfläche zum Meeresboden hin.

Sie lag noch lange dort, bis die Wellen abebbten und eine Ruhe, eine Totenstille hinterließen. Das, was eben noch von lautem Rauschen und ohrenbetäubendem Getöse, von mannshohen Wellen und metertiefen Strudeln gezeichnet gewesen war lag nun brach, war nun ruhig und glatt und kaputt. Nun lernte sie auch die Ruhe nach dem Sturm kennen, und sie verzweifelte. Ihre Gedanken tauchten wieder auf der Wasseroberfläche auf, doch es war zu spät, sie war Tod, ihre Gedanken waren ertrunken. Dennoch lebte sie, lag als stille Hülle am Boden, atmete, ohne lebendig zu sein.

Die Ruhe nach dem Sturm fraß sie auf, denn sie hatte nichts vertrautes, sie war nichts als eine grausame Leere, die der Sturm hinter sich gelassen hatte.

Nun verstand sie das Meer wirklich und von nun an verabscheute sie den Geruch von der Ruhe vor dem Sturm, denn sie hatte das Leid gefühlt, dass das Meer erleben musste.

Josefine

„Wie würdest du eigentlich reagieren, wenn ich dich küsse?"

Allein diese Frage, war im Nachhinein betrachtet schon ein rotes Tuch, aber das merkte ich zu diesem Zeitpunkt noch nicht. Jane und ich waren seit Jahren beste Freundinnen, welche Intension sollte diese Frage also haben, außer einfachem Interesse. Daher ging ich darauf ein und antwortete:
„Ich fände das, um ehrlich zu sein nicht so toll! Ich finde Freundschaft sollte Freundschaft bleiben und Beziehung, Beziehung!"
„Und, darf ich dich küssen?" Sie schaute mich frech, aber auch erwartungsvoll an. Hatte ich mich nicht klar genug ausgedrückt? Ich liebte Jane, wirklich, aber einzig auf platonische Art und Weise. Ich fühlte mich auf der Stelle unwohl, rutschte ein kleines Stückchen von Ihr weg, nur symbolhaft, nur um sicher zu gehen. Sie rückte ein Stück näher an mich heran. Ich fühlte mich bedrängt, mein Puls beschleunigte sich, ich spürte wie Unwohlsein in mir aufschwappte. *Sie würde mir nichts tun, das war mir klar.* Um das zu Wissen kannte ich sie mittlerweile gut genug. Sie war eine gute Seele und ich wusste, dass sie mich gernhatte. Daher würde sie auch nie etwas tun, um mir zu schaden. Davon war ich vollstens überzeugt.
„Ach komm schon! Ich will es doch einfach nur mal ausprobieren, sei' doch nicht immer so eine Spielverderberin!"
Ich fing mittlerweile an, mich ernsthaft indisponiert zu fühlen. Ich hatte das Bedürfnis, einfach wegzurennen, egal wohin. Einfach weg. Ich wollte meine Unsicherheit nicht offen zeigen, weil ich sie nicht verletzen wollte, deswegen versuchte ich schleunigst das Thema zu wechseln. Es funktionierte nicht. Während ich redete, rutschte sie immer weiter zu mir, kam mir immer näher, bis ich aufstand, und mich auf den Boden setzte. Eigentlich ein eindeutiges Zeichen, aber Jane machte

nicht einmal ein Geheimnis daraus, dass es ihr egal war, was ich über ihre ‚Idee' dachte. Oder merkte sie es einfach nicht? Ja, das musste es sein, sie merkte es nicht, anders konnte ich mir ihr Verhalten nicht erklären. Sie war zwar sonst nie so schwer von Begriff, dennoch weigerte ich mich dem Gedanken, ihr könnten meine Grenzen egal sein, in meinem Kopf Platz einzuräumen.

Ich wollte dieser Situation irgendwie entkommen, aber wie? Sie einfach zu bitten meine Wohnung zu verlassen, wäre unhöflich gewesen, und ich wollte nicht, dass sie dachte, dass ich ihr misstraute oder etwas in der Art. Sie war meine beste Freundin und ich liebte sie von ganzem Herzen... freundschaftlich. Das letzte, was ich wollte, war sie zu kränken, denn ich wollte auf gar keinen Fall riskieren, was wir hatten. Unsere Freundschaft war mir heilig. Wir waren irgendwie verschieden, aber irgendwie auch gleich und trotzdem eckten wir nicht an... bis auf in Situationen wie diesen.

Mein Plan mit dem Wegsetzen ging nicht ganz auf, denn auch Jane stand auf, und setzte sich direkt vor mir auf den Boden. Sie ließ so wenig platz, dass sich sogar unsere Knie berührten. Dann beugte sie sich vor und...

Ich streckte meine Hand nach vorne aus und sagte: „Stopp! Lass das! Ich möchte das nicht!", so, dass keine Missverständnisse möglich waren. Ich stand auf, und setzte mich einen Meter weiter weg wieder hin. Meine Hände zittern. Ich war mehr oder weniger in der Situation gefangen, hatte keinen Ausweg, wie ein Sträfling im Gefängnis. Jane kam mir hinterher „Ey, Ey, Ey, komm mal runter. Ich tu' dir doch nix. Hör mal auf hier Paranoia zu schieben! Was soll schon groß passieren?"

Ich kicherte verlegen, wusste nicht wie ich reagieren sollte. Ich ließ ihr Verhalten sonst unkommentiert, was hätte ich auch sagen sollen, achtete aber bewusst darauf, dass sich unsere Knie dieses Mal nicht berührten, nur zur Sicherheit. Ich wollte meiner besten Freundin um Himmels Willen nichts unterstellen...

hätte ich besser, und ich hätte sie besser aus meiner Wohnung ge-
jagt, aber das konnte ich zu diesem Zeitpunkt schlecht erahnen.
Dieses Spiel ging ein paar Mal weiter. Ich versuchte mich normal zu unterhalten, sie kam mir näher, ich rutschte weg. Ich
war überfordert mit der Situation. Ich hatte Jane als so einen
freundlichen, höflichen und rücksichtsvollen Menschen kennengelernt. Ich konnte die Situation zum gegenwärtigen Zeitpunkt nicht begreifen. Im Augenblick saßen wir in etwa in der
Mitte meines Wohnzimmers. Es klingelte an der Türe. Endlich! Die Chance für einen kurzen Moment durchzuatmen. Ich
stand auf und ging mit den Worten „Sekunde, bin sofort wieder da!" zur Türe. Ich war erleichtert, dass die Situation gestört worden war. Wer auch immer vor dieser Türe stand, ich
war froh. In meiner naiven Vorstellung würde ich gleich einfach ins Wohnzimmer zurückkehren, und alles wäre wieder
wie immer. Jane hätte genug von ihren Spielchen, denn mehr
war es für sie nicht. Jane war abenteuerlustig, testete gerne
ihre Grenzen aus.
Es war mein Nachbar von oben. Mitte Sechzig, ledig, keine
Kinder, keine Enkel. Er war ziemlich allein, und suchte gele-
gentlich jemanden zum Reden, weshalb ich von Zeit zu Zeit
mit ihm zu Abend aß. Ich stellte für ihn eine Art Ersatz-Enke-
lin da.
„Hi, Entschuldigung, dass ich dich so abwürgen muss, aber
gerade ist es wirklich schlecht! Ich habe Besuch, weißt du"
„Alles gut! Moment... ist alles in Ordnung bei dir Josefine?"
Allem Anschein nach ließ sich von meinem Gesicht ablesen,
wie verwirrt ich war. Ich hörte Jane, wie sie sich im Wohnzimmer bewegte, was hieß, dass sie auch jedes Wort vernehmen
konnte, das hier gesprochen wurde.
Ich beschloss den Mund über die Situation zu halten, in der
ich mich befand. Moment, was für eine Situation eigentlich?
Ich traf mich mit meiner besten Freundin, und sie war eben
manchmal ein wenig eigen, na und? Daran sollte ich mich

eigentlich längst gewöhnt haben. Alles andere war bloß Spinnerei in meinem Gehirn. Mein Herz weigerte sich zu glauben, dass Jane jemals etwas zu meinem Leidwesen tun würde. Also antwortete ich: „Na klar, ich hoffe bei dir ebenso. Ich habe nur momentan ein wenig Stress in der Uni, und schlafe deshalb wenig!"

„Na dann will ich mal nicht länger stören!"

„Quatsch, du störst doch nicht! Bis die Tage mal"

„Tschüss!"

Ich ging zurück ins Wohnzimmer, wo Jane anscheinend immer noch nicht zur Vernunft zurückgekehrt war, sondern ihr Spiel weiterspielte, als sein wir nie unterbrochen worden. Irgendwann hatte sie es geschafft, mich in eine Zimmerecke zu treiben. Es war wie beim Schach, ein paar unüberlegte Züge, und man saß in der Falle, so wie ich jetzt. Schachmatt. Bis zu diesem Punkt hatte ich bereits vierzehn Mal „Nein!" gesagt, aber sie hatte nicht hören wollen, und mit jedem Mal, hatten meine Worte weniger Nachdruck gehabt, als hätte ich mich bereits gedanklich meinem Schicksal hingegeben.

Sie war schon immer die dominantere von uns beiden gewesen, aber so hatte ich sie noch nie erlebt! Ich hatte nie das Gefühl gehabt, dass sie die Macht, die sie über mich hatte, ausnutzte, und schon gar nicht so extrem. Ich versuchte aufzustehen, sie hielt mich fest. Rechts eine Wand, links eine Wand, vorne sie. Ich saß wie eine Maus in der Falle. Ein letztes Mal nahm ich all meinen Mut zusammen, brachte ein zittriges, letztes „Nein!" hervor. Dieses Mal war es kein Befehl, keine Feststellung mehr, sondern ein einziges Flehen und Betteln, wie jemand es tat, dem eine Pistole an den Kopf gehalten wurde.

Sie beugte sich über mich, ich versuchte sie mit der Hand aufzuhalten, sie war stärker. Jane lag halb auf mir, ihr Körpergewicht hielt mich am Boden. Es würde passieren, ich musste mich mit dem Gedanken abfinden.

Sie fing an mich zu streicheln, und mir trat Wasser in die Augen. Ihre Hand wanderte runter über meine Brüste, bis sie schließlich anfing über meine Taille zu fahren. Ich dankte dem Schicksal innständig, dass ich mich im letzten Moment doch gegen den Rock und das Ausschnittshirt entschieden hatte. Ihre Hand arbeitete sich langsam bis zu meinen Hüften vor, wo sie schließlich liegen blieb, und Jane ihre Finger kreisen ließ. Sie küsste meinen Hals, meine Wange, und schlussendlich landeten ihre Lippen auf meinen. Ihre Hand rutschte auf die Innenseite meines Oberschenkels. Meine Panik wurde falls möglich, noch größer. Ich bekam kaum noch Luft. Mein Herz raste, und mir rannte eine einsame Träne über die Wange. Ich hatte sie nicht mehr zurückhalten können. Ich verspürte ein Ziehen in meinem Bauch. Mein gesamter Körper war angespannt, stand unter Strom. Ich hatte das Gefühl, gleich ohnmächtig zu werden, oder eher noch, nur zu fallen, in die Tiefe, am Boden der Schlucht liegen zu bleiben, tot. Mir war schwindelig und eine weitere verfluchte Träne lief mir die Wange hinunter. Ich fiel, und fiel, aber der Boden kam nicht. Ich schlug nicht auf, sondern fiel immer weiter. Ich wollte das nicht. Ich wollte stark bleiben, mir nicht die Blöße geben zu weinen, meine Würde bewahren. Ihre Zunge war in meinem Mund, ich konnte sie ohne es zu wollen, schmecken. Es fühlte sich schrecklich an, und die Minuten, die wie Stunden zu vergehen schienen, zerrissen mich in meinem Innersten. Es tötete mich nicht, aber ich fühlte, wie in mir etwas abstarb. Innerhalb kürzester Zeit verkümmerte etwas in mir, wie eine Pflanze, der man das Wasser vorenthielt.

Sie nahm das Bein, mit dem sie mich zu Boden gedrückt hatte von mir, und auch unsere Lippen trennten sich langsam wieder voneinander. Als ich mich aufsetzte, verstärkte sich mein Schwindel. „Wie fandest du es?", wollte Jane wissen. Das Ziehen in meinem Bauch verwandelte sich in Übelkeit.

Ich sagte nichts, konnte es nicht.

Die Stille wurde durch ein Handyklingeln durchtrennt. Jane stand auf und meldete sich, bevor sie das Zimmer in Richtung Flur verließ, um zu telefonieren. Ich sank wie ein Häufchen Elend in mich zusammen, hatte keinerlei Körperspannung mehr. Nach ungefähr zwei Minuten kehrte sie zurück. Meine Haltung straffte sich, ich wollte vor ihr nicht zeigen, wie schwach ich mich gerade wirklich fühlte.
„Sorry, ich muss jetzt leider los!" Mir fiel ein Stein vom Herzen, doch was sie hinzufügte, machte mir wahrhaftig Angst:
„…aber beim nächsten Mal, machen wir weiter"

Jane

Immer musste Soleil zu den falschen Zeiten anrufen. Es hätte noch so viel mehr passieren können, aber nein, immer musste sie mir die Tour vermasseln. Wer glaubte sie eigentlich wer sie war. Ich liebte sie schon lange nicht mehr so wie am Anfang. Um genau zu sein nervte sie mich nur noch, ihre immer fröhliche, energetische Art war mittlerweile kaum noch auszuhalten. Am Anfang war ich darauf noch total abgefahren, aber mittlerweile war es einfach nur noch unerträglich. Außerdem fand ich sie nicht einmal mehr körperlich attraktiv, nicht mehr, seitdem sie sich dieses riesige Mandala Tattoo an der Schulter hatte stechen lassen. Sie hatte sich das Design über Monate selbst zusammengestellt, und ich hatte ihr immer wieder davon abgeraten es stechen zu lassen. Doch sie hatte nur abgewinkt, hatte gesagt, dass ihre Kunst ein Ausdruck ihrer Persönlichkeit sei. Das klang gefährlich nach etwas, was auch Josefine von sich geben würde. Jedoch war der Unterschied, dass ich Josefine liebte. Ich mochte Soleil nicht mehr, aber mit ihr Schluss zu machen wäre hochgradig dämlich, wenn man in Betracht zog, dass sie die Tochter meines Professors war. Also hatte ich beschlossen hinter ihrem Rücken etwas mit anderen Frauen, die ich wirklich heiß fand, anzufangen und sie, soweit es ging, nur noch wie eine Freundin zu behandeln. Und mit „Frauen" meinte ich Josefine.

Soleil

Hatte ich etwas falsch gemacht? Jane hatte am Telefon ziemlich unerfreut über meinen Anruf gewirkt. Ich hatte sofort gefragt, ob alles in Ordnung war, aber das hatte sie bejaht. Ich wurde in letzter Zeit nicht mehr schlau aus ihr. Es hatte sich irgendetwas zwischen uns verändert, doch wusste ich nicht, was es war. Jane war nicht mehr so liebevoll wie am Anfang, und irgendwie ließen sie auch all meine Versuche, unsere Beziehung aufzufrischen kalt. Ich fühlte mich ziemlich allein, hatte das Gefühl, dass sie mich mied. Sie wollte nicht einmal mehr meine Hand nehmen, wenn wir gemeinsam unterwegs waren. Ich hatte schon mehrfach versucht, das Problem anzusprechen, weil ich fand, dass Kommunikation in einer Beziehung immer das Wichtigste war, aber sie hatte immer schnell das Thema gewechselt, wenn ich meine Bedenken zur Sprache brachte.

Josefine

Als ich die Türe hinter Jane ins Schloss fallen hörte, atmete ich auf. Ich ließ das Zittern, das ich bis gerade mit aller Kraft unterdrückt hatte, nun endlich zu. Ich konnte mich nicht mehr bewegen. Meine Finger wurden starr und eiskalt. Mein Herz klopfte mindestes dreimal schneller, als es gesund gewesen wäre. Ich zitterte, aber trotzdem trat mir Schweiß auf die Stirn, plötzlich fiel es mir schwer zu atmen. Mein Brustkorb war wie zugeschnürt und meine Lunge fühlte sich an, als hätte ich gerade einen Marathon hinter mir. Ich keuchte. Alles in mir zog sich so weit zusammen, dass es wehtat. Mein seelischer Schmerz war so stark, dass ich ihn körperlich spüren konnte. Ich wollte schreien. Ich legte meinen Kopf in den Nacken, kämpfte um Atem, holte rasselnd Luft. Ich öffnete meinen Mund, doch es kam kein Ton hinaus, stumm schrie ich vor Leid, ohne dass es irgendjemand mitbekam.

Auf einmal war es, als wären all meine Gefühle, all der Schmerz durch meinen offenen Mund aus mir hinausgetreten. Es fühlte sich so an, als sei mit einem Schlag all meine Menschlichkeit wie weggeblasen. Als wäre mein Dasein nicht mehr als eine leblose, halb am Boden liegende, gefühllose Hülle. Ich fühlte rein gar nichts mehr. Ich wollte weinen, schaffte es aber nicht. Mein Körper hatte seine gesamte Funktion eingestellt. Einzig und allein die Qual des Atmens blieb mir noch. Ich war zu einem Stein am Grunde des Sees geworden, kalt, hart und starr… abgestumpft, völlig frei von jeglichen Empfindungen. Ich fühlte mich lebendig tot, kaum noch im Stande irgendetwas zu tun.

Ich zog mich unter größtem Kraftaufwand an der Wand hoch. Während ich in Richtung meines Badezimmers wankte, musste ich mich an sämtlichen Möbelstücken festklammern, um nicht wieder am Boden zu landen, denn die Kraft, mich noch ein weiteres Mal hochzuhieven hatte ich nicht. Dem

Zittern verschuldet, knickten zweimal meine Knie weg, und ich fiel beinahe hin, schaffte es aber doch mich im letzten Moment festzukrallen und auf den Beinen zu bleiben. Als ich mich schließlich auf die Waschbeckenkante stützte und in den Spiegel sah, war mein Blick leer. Meine gesamte Haut hatte ihre Farbe verloren, war kalkweiß. Langsam hob ich eine Hand von der Waschbeckenkante, ich hatte das Gefühl, dass überall auf meinem Körper Hände waren, ich wollte mich schütteln, hatte aber nicht die Kraft dazu. Also fing ich an, an den Stellen, an denen die Phantome mich zu ergreifen versuchten zu kratzen. Meine Fingernägel hinterließen Furchen in meiner Haut, rote Linien auf weißem Untergrund. Ich wollte, dass ich aufhörte mich so zu fühlen, wie ich es gerade tat. Ich wollte nicht mehr leer sein. Ich wollte endlich wieder etwas fühlen, selbst auf die Gefahr hin, dass es Schmerz war. Alles um mich herum fing an sich zu drehen. Meine Hände, die meine einzige wacklige Stütze gewesen waren, verließen die Waschbeckenkante. Ich landete rücklinks auf dem Boden, merkte jedoch nicht wirklich etwas von meinem Aufprall auf den Steinfliesen. Mein Kopf landete dankbarerweise auf einem Stapel frisch gewaschener Handtücher, die mitten im Zimmer gelegen hatten, da ich es am Morgen nicht mehr geschafft hatte sie wegzuräumen.

Soleil

Als Jane vor meiner Türe stand, sah ich ihr sofort an, dass etwas mit ihr nicht stimmte. Ihr lockiger Bob war verstrubbelt, ihr Lippenstift kaum noch vorhanden, ihre Augen waren schwarz verschmiert und vor Tränen verquollen. Sie zitterte am ganzen Körper, und die obersten Knöpfe ihrer Bluse waren aufgeknöpft. „Um Himmels Willen! Was ist passiert?", fragte ich vollkommend entgeistert. Ich machte einen Schritt auf meine Freundin zu, wollte sie in den Arm nehmen, doch sie ging wie in Trance an mir vorbei in die Wohnung. Als sie zitternd auf der Couch zusammenbrach, und im Sitzen ihre Knie ganz nah an ihren Körper zog, war mir klar, dass irgendetwas Schreckliches passiert sein musste. Sie baute einen Schutzwall um sich auf, ließ selbst mich nicht mehr an sich heran. Wir waren seit Ewigkeiten ein Paar, aber so hatte ich sie noch nie gesehen. Langsam näherte ich mich ihr an, vorsichtig wie einem verschreckten Tier. Ich sah die Bestürzung und das Leid in ihren Augen. Sie so am Boden zerstört zu sehen, war für mich eine der größten Qualen, die ich jemals durchlitten hatte. War der Grund hierfür wohlmöglich auch der Grund, warum Jane sich in letzter Zeit so von mir abschottete? Als ich vor ihr stand, hörte ich ihre unregelmäßige, stoßweise Atmung. Ich streckte langsam meinen Arm aus, wollte meine Finger auf ihre Schulter legen, besann mich dann aber eines bessern. Was auch immer sie erlebt hatte, hatte sie so traumatisiert, dass sie kaum noch wiederzuerkennen war. Ich durfte jetzt auf keinen Fall einen Fehler machen, und sie noch weiter verschrecken, sonst würde es ihr am Ende meinetwegen noch schlechter gehen. „Darf ich?", flüsterte ich und schaute ihr in die Augen, in die Augen, die ich so sehr liebte, in denen ich mich jedes Mal so sehr verlor, und in denen in diesem Moment so unglaublich viel Leid stand. Jane nickte zaghaft. Ich ging vor ihr in die Hocke, meine Hand lag auf ihrem Knie. Ich hatte solch eine Angst etwas falsch zu machen, und damit alles zu ruinieren, aber ich musste weitermachen, musste ihr helfen. Auch ich zitterte am ganzen Körper. Ihre innere Unruhe übertrug sich auf mich. Wenn ich gekonnt hätte, hätte ich ihr all den Schmerz, den sie gerade zu verspüren schien, einfach abgenommen, selbst gelitten, damit sie es nicht tat. Mein Blick war eindringlich, und ich versuchte all meine Liebe in ihn zu legen, als ich einen weiteren Schritt wagte, und Jane fragte: „Was ist passiert? Wer hat dir das angetan?" Sie schaute mich lange an, Tränen rollten über ihr Gesicht, fielen in ihren Ausschnitt. Ich hatte das Bedürfnis, sie in den Arm zu nehmen und ihre Welt, die gerade zu zerbrechen schien, mit meinen Händen zusammen zu halten.

Als sie mir antwortete, klang ihre Stimme rau und fremd: „Es ist Josefine!"

„Was ist mit Josefine", fragte ich, in meinem Kopf tausend Fragen. Ich kannte sie nicht… War sie krank? Ging es ihr gut? War sie-? Nein, wohl eher nicht. Was war mit dieser Josefine passiert, dass Jane so derartig aus der Bahn warf? Jane setzte an, stotterte, brach den Satz wieder ab. Es verstrichen einige Minuten, bis sie erneut zittrig anfing zu sprechen.

„Josefine hat mich geküsst. Ich habe Nein gesagt. Ich habe doch Nein gesagt. Ich habe gesagt ich will das nicht, aber sie hat mich geküsst. Sie hat mich geküsst und angefasst"

Ich hörte Janes Stimme, vernahm ihre Worte, doch ich verstand sie nicht. Was sie sagte drang kaum in mein Bewusstsein durch. Mein Mitgefühl für Jane brach mir das Herz. Wie konnte jemand nur so etwas schreckliches tun? Wie konnte ein Mensch so herzlos sein? Mir wurde schlecht bei dem Gedanken, was Jane in den letzten Stunden alles hatte durchleben müssen. Und ich, ich hatte am Telefon nicht einmal bemerkt, wie schlecht es ihr ging. Ich machte mir schreckliche Vorwürfe. Ich hielt meine Arme für sie auf, und dieses Mal nickte sie zaghaft, ein kleines, feines, kaum erkennbares

Lächeln auf ihren Lippen. „Danke, dass du immer für mich da bist!", wisperte sie. „Immer!", gab ich eben so leise zurück. Ich setzte mich auf die Couch und sie legte ihren Kopf in meinen Schoß. Ich spürte, wie ihr zittern langsam abebbte, und sie wieder anfing, regelmäßiger zu atmen. Meine Hand streichelte behutsam ihren Arm, und ich merkte, wie sie sich beruhigte. Ein paar Minuten später war sie in meinem Schoß eingeschlafen, doch mein Kopf wollte noch immer nicht zur Ruhe kommen. Ich nahm mir vor, diese Josefine fertig zu machen. Allein der Gedanke an sie widerte mich an. Ich wollte, dass sie litt, genauso wie Jane es nun ihretwegen tat.

Josefine

Ich schreckte hoch. War ich einfach so eingeschlafen? Anscheinend. Draußen war es dunkel, mein gesamter Körper tat weh, und meine Haut brannte. Mein Kopf stand kurz vor dem Platzen. Ich sollte gleich bevor ich ins Bett ging, auf jeden Fall noch eine Aspirin nehmen. Um ehrlich zu sein wusste ich nicht einmal, warum ich mich fühlte, wie ich mich gerade fühlte. Ich versuchte mich an den Vorabend zu erinnern. War ich verkatert? Nein, ich hatte doch gestern überhaupt nicht getrunken, und feiern war ich auch nicht gewesen.

Dann holte mich die Erinnerung erneut ein, wie ein Schlag in die Magengrube. Mir war schlecht. Meine Gliedmaßen fühlten sich schwer und betäubt an. Plötzlich konnte ich meinen Würgereiz nicht mehr unterdrücken. Mein Magen krampfte sich schmerzhaft zusammen. Ich musste all meine Kraft aufwinden, um mich auf allen vieren zur Toilette zu ziehen, und den Deckel aufzuklappen. Ich verspürte den Drang, mich zu übergeben. Mein gesamtes gestriges Mittagessen hielt es auf einmal nicht mehr in meinem Magen aus. Schweißgebadet sank ich in mir zusammen. Der Geschmack in meinem Rachen war widerlich. Warum zur Hölle reagierte ich so empfindlich auf einen verdammten Kuss? Es war ja nicht so, als sei es mein erster gewesen. Ich war dreiundzwanzig Jahre alt, war in meinem Leben schon mehr als einmal liiert gewesen, naja, einmal um genau zu sein, aber das tat hier nichts zur Sache. Ungeküsst war ich definitiv nicht, und war es nicht eigentlich normal, dass man unter Freundinnen solche Dinge ausprobierte. So abwegig war die ganze Sache doch überhaupt gar nicht, sie war bi und ich pansexuell, was beinhaltete, dass wir beide uns nicht ausschließlich zu anderen Geschlechtern hingezogen fühlten.

Also; wo lag mein verdammtes Problem?! Warum war ich so ein Psycho? Ich war zwar ein sensibler Mensch, aber so einfach ließ ich mich eigentlich nicht aus der Fassung bringen, schon gar nicht von meinen Freundinnen. Ich beschloss, dass mir die Trennung von meiner Ex-Freundin allem Anschein nach doch noch ein wenig mehr zusetzte, als ich eigentlich zugeben wollte, und hakte meine Benommenheit seit dem Kuss damit ab. Ich zog mich an der Wand nach oben, drückte den Spülknopf der Toilette, und wankte dann in Richtung meines Schlafzimmers. Ich war todmüde und kaputt, mein Gehirn war absoluter Matsch, und ich hätte auf der Stelle einschlafen können, doch irgendwie funktionierte es nicht. Meine Augen waren geschlossen, und mein Körper regte sich bis auf ein leichtes Zittern kaum, doch meine Gedanken fuhren Achterbahn, kreisten um Jane, nicht nur um das, was heute passiert war, sondern um unsere gesamte Freundschaft. Unsere gemeinsamen Erinnerungen waren gleichzeitig so greifbar, und doch so fern, wie die einzelnen Sterne am Nachthimmel. Ich erinnerte mich an unsere gemeinsamen Erlebnisse, doch wirkten sie nicht wie meine eigenen. Es kam mir vor, als schaute ich einen Film, in dem ich eine der Protagonistinnen war, doch schauspielerte ich nur. Es waren in gewisser Weise meine Erinnerungen, doch hatte ich keinen Bezug mehr dazu. Vor meinem inneren Auge tauchte nun ein Bild auf, klarer als alle anderen, ihre Lippen auf meinen. Der Anblick brannte sich in meine Netzhaut, jagte mir einen Schauer über den Rücken. Ich spürte noch genau die Stellen, an denen ihre Zunge meinen Rachen, meine Wangeninnenseite berührt hatte. Ihr warmer Atem ganz in meiner Nähe. Gänsehaut breitete sich auf den Stellen aus, an denen ich noch immer ihre Hände spüren konnte. Geisterhafte Phantome, die mich nicht mehr losließen. Die Gänsehaut fing langsam an, sich über meinen ganzen Körper auszubreiten, wanderte über meine Beine, bis zu den Knöcheln, nahm meinen Arme ein, zog sich über meinen Oberkörper. Die Sehnen in meinem Hals kontrahierten. Ich öffnete meine Augen und starrte geradeaus an die Decke, nicht fähig auch nur einen Teil meines Körpers zu bewegen. Irgendetwas musste innerhalb der letzten Sekunden mit meinem Herzen passiert sein, denn es schlug auf einmal unregelmäßig schnell und feste. Auch meine Atmung war plötzlich das reinste Chaos. Mein Unterleib und mein Magen zogen sich so sehr zusammen, dass ich befürchtete, gleich schon wieder ins Bad zu müssen. Während ich so nach oben starrte, den Blick auf meine Lampe gerichtet, einem Fixpunkt, der mir Halt gab, rollte mir eine einzelne Träne über die Wange und auf mein Kissen.

Dann lag ich wieder da, lebendig tot, nicht in der Lage mich zu rühren. Es dauerte eine halbe Ewigkeit, doch irgendwann bemerkte ich, wie meine Müdigkeit leise aus dem Dickicht meiner Gedanken hervorkroch, sich anschlich, und mich von hinten überfiel. Ich fiel ich einen leichten, unruhigen Schlaf.

Das Klingeln meines Weckers riss mich schmerzhaft in die Realität zurück. Ich hatte geschlafen, das stand nicht zur Diskussion, aber viel konnte es nicht gewesen sein, denn mein Kopf dröhnte und meine Glieder fühlten sich bleischwer an. Es war, als würde jemand mit einem kleinen Hammer konstant gegen die Innenseite meines Hinterkopfes klopfen, irgendwo in der Gegend des Cerebellums und Hypocampus. Langsam stand ich auf und räkelte mich, doch das war keine gute Idee gewesen, denn ich fing an überall schwarze Punkte und Flecken zu sehen. Sie vertrübten meine Linse wie tausende Insekten ein Licht in der Nacht. Schnell legte ich mich wieder auf meinen Rücken. Mir war schwindelig, und mein Kopf drohte zu explodieren. Es war, als würde jemand versuchen, mein Hirn durch eine Saftpresse zu quetschen. Müdigkeit gepaart mit Schmerz durchzuckte meinen gesamten Körper. Ich atmete tief durch. Ein und aus und ein und aus und ein…

Ich setzte mich vorsichtig und mit aller Langsamkeit, die ich aufbringen konnte, hin. Das Resultat war, dass das Hämmern in meinem Kopf noch weiter an Macht gewann. Es hatte meinen Kopf nun zur Vollständigkeit eingenommen, besiegt und überwältigt. Game-Over für mich…

Ich versuchte mich auf etwas anderes zu konzentrieren. Meine Hände spürten den Stoff meines Bettbezuges, und meine Zehen krallten sich in meinen flauschigen Teppich. So behutsam wie ich es zur Stande brachte, verlagerte ich das Gewicht meines Körpers nun auf meine Beine und stand auf, wobei ich mich an meiner Bettkante abstützte. Im Schneckentempo, und ständig darauf bedacht, mich nicht selbst zu überlasten, wandelte ich wie ein lebendig gewordener Geist in Richtung meines Kleiderschrankes.

Meine Finger zitterten, als ich dessen Türe beiseiteschob. Normalerweise liebte ich es, mich morgens zu stylen. Ich gab mir immer Mühe, mein Äußeres nicht nur gepflegt, sondern schick wirken zu lassen, doch heute fühlte es sich schon wie eine Herausforderung an, aufrecht zu stehen. Ohne richtig hinzuschauen, zog ich einen langen, weiten Pullover und eine weite Jeans aus dem Schrank. Halb blind langte ich auch nach etwas, das Unterwäsche sein konnte. Ich schlurfte langsam in Richtung des Badezimmers. Eine warme Dusche würde mich bestimmt aufwecken und mir guttun. In besagtem Zimmer angekommen, streifte ich mir meine Klamotten vom Körper und warf sie wie gewohnt in die Ecke.

Als es geschah, spürte ich nichts als Überforderung mit mir selbst. Als meine Augen versehentlich meinen Spiegel streiften, klickte irgendetwas in meinem Kopf. Es war, als hätten sich in meinem Gehirn Zahnräder in Bewegung gesetzt, von denen ich nicht einmal gewusst hatte, dass sie existieren. Schnell ging ich in die Hocke, um meinem eigenen geschockten Blick zu entfliehen.

Was war denn jetzt los?

Als ich mich gesehen hatte, nur in Unterwäsche hatte ich auf einmal Angst bekommen, aber warum? *Vor was?* Ich konnte es

einfach nicht verstehen. Ich hatte doch nie ein großes Problem damit gehabt, mich unbekleidet im Spiegel zu sehen. Im Gegenteil, ich mochte meinen Körper, ich fand mich hübsch. Den Kopf schüttelnd öffnete ich meinen BH. So etwas war doch kein normales Verhalten für eine erwachsene Frau. Ich war davon überzeugt, dass mein Verstand mit mir durchging. Mein Slip landete auf dem Stapel mit der Schmutzwäsche. Doch egal wie sehr ich mir selbst versuchte klarzumachen, dass alles in Ordnung war, mein Gehirn wollte einfach nicht wieder damit anfangen, sich normal und meinem Alter entsprechend zu verhalten. Ich schlich, weiterhin in gebückter Haltung, in Richtung Dusche, wohl darauf bedacht, meine eigene Spiegelung nicht zu sehen. Doch kaum stand ich in der verglasten Kabine, war es nahezu unmöglich, mir selbst aus dem Weg zu gehen. Überall war spiegelndes Metall, und aus allen Blickrichtungen sah ich in mein eigenes verängstigtes Gesicht. Ich fühlte mich wie ein von hungrigen Wölfen umzingeltes Reh. Ich hatte Panik, wusste nicht wo ich hinschauen sollte. Mir war vor lauter eigenproduziertem Stress speiübel. Mein Blick hetzte suchend durch den Raum, suchend nach Sicherheit, suchend nach einer Stelle, an der ich mich selbst nicht ansehen musste, doch es schien nahezu unmöglich einen solchen Punkt zu finden. Ich verteufelte mich innerlich für die Wahl meiner Einrichtung. Vollkommen unpraktisch, wenn man den Fakt betrachtete, das ich gerade allem Anschein nach zu einem kompletten Psyscho mutierte. Ich konnte mein Gefühl nicht genau verorten, war es Scham, Unwohlsein… nein, das gerade tatsächlich nicht… aber was dann? Was fühlte ich? *Im Nachhinein ist mir klar geworden, wie ich zu diesem Zeitpunkt fühlte. Ich fühlte mich schmutzig, nicht lebensfähig, ich fühlte mich wie ein Mensch ohne Würde.*
Vor lauter Anstrengung fing mein Kopf sich wieder an zu drehen, und mein Kreislauf näherte sich einem Zusammenbruch gefährlich nah an. Ich sackte in mich zusammen und kauerte

am Boden der Dusche, nicht fähig irgendetwas zu tun. Ich zitterte und mein Atem ging schwer. Was war bloß los mit mir, und wo lag eigentlich mein gottverdammtes Problem?!
Konnte ich nicht einmal in meinem Leben *nicht* seltsam sein? War normal denn wirklich keine Option? Verdammter Mist. Obwohl ich eigentlich keinen Einfluss auf meinen Zustand hatte, war ich plötzlich sauer auf mich selbst.
Trotzig richtete ich mich auf, ohne dabei auf meinen vor Schmerz fast platzenden Kopf zu achten. Sollte ich doch umfallen! Ich war doch sowieso schon komplett verrückt geworden. Ich hatte es doch eigentlich gar nicht anders verdient...
Aus gegebenem Anlass entschied ich mich gegen das Duschen und verwendete anstatt dessen Trockenshampoo. Danach griff ich routinemäßig zu meiner Make-up Taschen, die auf der Ablage stand. Doch dann hielt ich inne. Ich starrte in den Spiegel, mir selbst in die Augen, und stellte meinen Kulturbeutel wieder zurück. Ich verdiente kein Make up. Allein gerade da zu stehen und zu atmen, fühlte sich schon wie eine unlösbare Aufgabe an, nur leider eine unlösbare Aufgabe von der mein Leben abhing.
Obwohl mir unendlich schlecht war, und ich keinen sonderlichen Appetit hatte, verdrückte ich in der Küche langsam wie eh und je einen halben Apfel, die andere Hälfte landete im Kühlschrank. Meine Bauchschmerzen waren unaushaltbar, aber nach zweieinhalb Paracetamol immerhin auf einem Level, dass es mir erlaubte, mich zu bewegen. So würde ich wohl oder übel, durch den Tag kommen müssen, denn einen Unitag zu verpassen, kam überhaupt nicht in Frage. Ich musste eben funktionieren, ob es mir einfach fiel oder nicht. Ich ließ meinen Laptop und eine Flasche Wasser in meine Handtasche gleiten, und machte mich dann zu Fuß auf den Weg zur Universität. Mein erster Kurs heute Morgen war Germanistik, zusammen mit Jane. Als ich den Hörsaal wie immer zehn Minuten zu früh betrat, winkte sie mir bereits zu. Mein

Magen verkrampfte sich, doch ich schob es darauf, dass ich heute Morgen nicht anständig gefrühstückt hatte. Tabletten auf einen nahezu nüchternen Magen zu nehmen war eine unglaublich dumme Idee gewesen. Ich zwang mir ein müdes Lächeln auf die Lippen, und gesellte mich mit einem Ziehen in der Magengegend zu meiner besten Freundin.

„Was ist denn mit dir los?", fragte diese, sobald ich mich gesetzt hatte. „Schlecht geschlafen", murmelte ich. Zwischen uns war alles normal, mit keinem Wort erwähnte sie unseren Kuss, geschweige denn das gestrige Treffen, also entschied ich mich, dies auch nicht zu tun. Hatte ich es mir doch gedacht! So etwas machte man halt unter Freundinnen. Es war nichts Verwerfliches passiert, und ich war einfach nur zu unerfahren gewesen das zu verstehen. Jane war die erste Freundin, die ich je hatte. Sie bedeutete mir alles, und ich wusste, dass sie niemals etwas tun würde, um mich zu verletzen. Doch das Bauchgefühl blieb.

Seltsam… was war nur los mit mir?

Der Tag verstrich langsamer denn je und als ich am Abend nach Hause kam, war ich unfassbar müde. Dabei war es erst neunzehn Uhr. Normalerweise war ich es gewohnt bis in die späten Nachtstunden zu arbeiten, doch heute war ich schon am frühen Abend fix und fertig.

Merkwürdig, aber ich schob es darauf, dass ich heute über Tag schon so viel geleistet hatte. Ich hatte… Was hatte ich eigentlich so Gravierendes getan? Ich war wie immer in meinen Vorlesungen gewesen, hatte mit ein paar Freundinnen zu Mittag gegessen und ich war nachmittags noch kurz in der Bibliothek gewesen… alles ganz normale Abläufe. Tendenziell hatte ich sogar weniger gearbeitet als sonst.

Ich hatte eigentlich keine sonderlich nennenswerten Leistungen erbracht, dennoch fühlte mein Gehirn sich an, als hätte jemand versucht es zusammen zu stampfen, und auch mein Körper tat so, als hätte er gerade acht Stunden

Hochleistungssport betrieben. Ich beschloss, um am nächsten Morgen ein weiteres Disasta zu vermeiden, bereits heute Abend duschen zu gehen. Ein weiteres Mal würde und wollte ich nicht mit Trockenshampoo auskommen. Ich fühlte mich ekelhaft. In der Hoffnung, dass es helfen würde, schlurfte ich in mein Schlafzimmer und klaubte einen Bikini aus einer der Schubladen in meinem Kleiderschrank. Anschließend streifte ich mir mit geschlossenen Augen die Kleidung vom Körper- schwerer als man denkt- und zog mir die Bademode über. Dann öffnete ich die Augen. Vor mir ein Spiegel. Mein neuster größter Feind. Ich musterte mein Spiegelbild- mein Spiegel- bild musterte mich. Trotz meiner ‚Teilbedecktheit', merkte ich, wie sich alles in mir zusammenkrampfte. In meinem Bauch bildete sich eine kleine stetig wachsende Kugel, die mir schwer im Magen lag.

Ich atmete tief ein und wieder aus, um mich zu beruhigen, was nur mäßig gut klappte, denn in meinem Bauch rumorte es wie wild weiter. Auch mein Unterleib zog sich wie verrückt zusammen, und unweigerlich tauchten wieder Janes Phan- tomhände auf meinem Körper auf. Sie brannten sich in meine Haut wie loderndes Feuer, drangen tief in mich ein, bis ich sie fast physisch auf meinen Knochen spüren konnte.

Ich riss mich mit aller Kraft zusammen und verließ das Schlaf- zimmer in Richtung Bad. Dort angekommen duckte ich mich, bis ich beim Fenster ankam. Dieses war zwar aus Milchglas und absolut blickdicht, dennoch fühlte ich mich beobachtet. Ich kurbelte den Rollladen herunter und knipste die kleine Lampe über dem Waschbecken an. Das Deckenlicht mied ich, um mich in den Spiegeln nicht allzu genau erkennen zu kön- nen. Das Halbdunkel hätte romantisch sein können, unter an- deren Umständen. Gerade war es nur Mittel zum Zweck, um die mir die Hygiene, die eben nun einmal doch sein musste, halbwegs erträglich zu machen.

Erst als ich ein paar Schritte auf die Dusche zumachen wollte, fiel mir auf, dann meine Knie weich waren. Ich zitterte am ganzen Körper und Gänsehaut hatte sich auf mir ausgebreitet. Mir war heiß und kalt zugleich. Wieso machte mir duschen gehen so arg zu schaffen? Erstaunlicherweise machte mich die Erkenntnis anders als heute Morgen nicht sauer; mein Bauchgefühl sagte mir, dass dies mich sowieso nicht weiterbrachte. Langsam überkreuzte ich meine Arme vor meinem Oberkörper und meine Hände legten sich um meine eigene Taille. Meine Fingernägel krallten sich in die Haut über meinen Rippenbögen und ich drückte mich selbst so fest ich konnte, ja, man konnte es beinahe als zerdrücken bezeichnen. Als meine Hände sich langsam wieder lösten, war meine Haut ganz weiß, weiß mit roten Einkerbungen, da wo meine Fingernägel Kerben in meiner Haut hinterlassen hatten. Meine Arme waren weiterhin vor meiner Brust verschränkt. Meine Rippen zeichneten sich deutlich unter meiner Haut ab. Ich setzte mich in die vollverglaste Duschkabine. Unten war das wenigste spiegelnde Metall. Meine Augen starrten bewusst geradeaus, bedacht darauf, nicht die Türschaniere in mein Blickfeld zu bekommen. Blind tastete ich nach dem Duschkopf, drehte das Wasser an und zuckte zusammen, kalt! Meine Hand drehte den Temperaturregler ein Stück nach rechts, Wärme! Normalerweise liebte ich es, mich, umgeben von warmem Wasser, einfach fallen zu lassen. Warm zu duschen wärmte mich nicht nur äußerlich, sondern auch von innen. Es erfüllte meine Seele und dieses kuschlig warme Glücksgefühl drang in jeden Winkel meines Körpers vor. Heiße Duschen waren für mich schon immer eine Art Allheilmittel gewesen. Heute erfasste mich das Wasser jedoch nur von außen, in mir herrschte immer noch diese eiserne nahezu gefühllose Kälte, die sich schon die ganze Zeit um mein Herz herum breit gemacht hatte. Dennoch versuchte ich, mich von dem warmen Wasser wie von einer Decke einhüllen zu lassen. Ich schloss die Augen und bemühte mich, mich von dem Wasser umarmen zu lassen, wie von einer warmen, schützenden Decke. Zu meiner Überraschung fiel das Ergebnis dieses Versuchs um Weiten positiver aus, als ich vermutet hatte, denn meine Bauchschmerzen rückten zum ersten Mal für heute ein wenig in den Hintergrund und ich fühlte das weiche prasseln auf meinen Schultern. Auch wenn es nicht wie sonst das Gefühl von Wärme, Wohltun und Heimelichkeit war, das mich einnahm, hatte ich dennoch das Empfinden, als ginge es mir wirklich gut. Denn das Wasser wusch mich sauber, sauber von allem, von jedem schwarzen Gedankenmonster in meinem Kopf, von jeglichem Schmerz in meinem Körper, einfach von allem.

Mit geschlossenen Augen tastete ich nach der Shampoo Flasche und gab ein wenig ihres Inhalts in meine Handinnenfläche. Langsam fing ich an mein blondes Haar einzuschäumen. Der Schaum lief über mein Gesicht, etwas, was mich sonst immens störte, doch heute war es mir schlichtweg egal. Ich nahm es kaum wahr. Langsam wusch sich die Seife aus meinen Haaren, ich merkte, wie das Wasser meine Haare aus dem Schaumkneul auf meinem Hinterkopf wieder langsam zurück auf meine Schultern wusch. Ich nahm das kitzelnde Gefühl meiner Haarspitzen intensiv auf meiner nackten Haut wahr. Ich atmete durch meinen Mund, tief… ein und aus, immer wieder, ein und aus.

Als ich schließlich die Augen öffnete, traf mich beinahe der Schlag.

Ich war umgeben von dunstigem Nebel, so dicht, dass man durch die Nase kaum noch Luft bekam. Alles um mich herum konnte ich nur noch schemenhaft erkennen. Ich nahm meine Welt wortwörtlich wie durch einen Schleier wahr. Als ich es schließlich schaffte, die Zahlen auf meiner Wanduhr zu entziffern, erübrigt sich auch die Frage, woher dieses groteske Pensum an Luftfeuchtigkeit rührte.

Stolze vierzig Minuten hatte ich einfach nur dagesessen, ohne es auch nur im Ansatz mitzubekommen, ohne ein Teil der

Realität zu sein, die Augen geschlossen, die Gefühle ausgeschaltet, nicht in der Lage einen klaren Gedanken zu fassen, und allem Anschein nach auch vollständig ohne Zeitgefühl. Ich stand langsam auf, apathisch auf eine Stelle starrend, um bloß nirgendwo die Spiegelung meiner Selbst in mein Blickfeld zu bekommen.

Mein Blutdruck schoss steil in die Höhe, klar, hätte ich mir denken können, hatte ich mir aber nicht gedacht. Das Blut pochte in meinen Augenhöhlen und in dem Teil meines Gehirns, in dem ich den Hippocampus und den Thalamus schätzte. Mir war schwindeliger denn je und auf meiner Sichtfläche bildeten sich erst kleine, aber dann rasant anschwellende Flecken. Nach knapp einer halben Minute sah ich nahezu überhaupt nichts mehr außer einem unruhigen Schwarz. Diese Reaktion war eigentlich ziemlich logisch, wenn man bedachte, dass ich über eine so lange Zeit bei einer solchen Hitze einfach nur dagesessen hatte. Ich stützte mich schwer atmend, beinahe keuchend an der Wand ab. Ich tastete nach einem Handtuch. Meine Finger fanden eines und umgriffen es. Ich wickelte es mir um den Körper, fühlte den Stoff an meiner Haut und sorgte nun auch dafür, dass meine Haare in einem Handtuch verschwanden. Ein paar Minuten stand ich einfach regungslos da, wartete, bis mein Blick sich wieder klärte und mein Schwindel langsam abebbte. Dann öffnete ich eine Schublade, nahm ein Mikrofasertuch heraus, und wischte damit den vollständig beschlagenden Spiegel sauber. Fehler! Ein gravierender Fehler, wie sich herausstellte. Mein Blick blieb an mir Hängen, an meinem Spiegelbild, meine Augen verhakten sich in sich selbst, purer Schrecken stand in ihnen. Ich hielt mitten in der Bewegung inne. Meine Hände wurden schwach. Mein Griff um das Tuch lockerte sich, so dass es mir entglitt und im Waschbecken landete, wo es liegen blieb und sich langsam dunkler färbte, die gesamte Flüssigkeit absorbierte. Meine Hand sank langsam und schwach auf die Ablage unter dem Spiegel, auf dem auch das Waschbecken montiert war. Meine Schultern, mein Hals, meine Beine, meine Arme, mein Rücken, sogar meine Füße zogen sich auf einmal zusammen, kontrahierten, nur um sich darauffolgend blitzartig wieder zu entspannen. Es war, als wäre ich von einem Stromschlag getroffen, der sich allerdings nicht länger als ein paar Sekunden in meinem Körper aufhielt. Ich torkelte ein paar Schritte zurück und ließ mich in mein Handtuch gewickelt auf den geschlossenen Toilettendeckel fallen. Ich saß nur da, wusste nicht was mit mir los war. Meine Gedanken fuhren Achterbahn, drehten sich im Kreis, immer kleinere Kurven schlagend, bis sie schließlich fast vollständig verblassten. Ich dachte nichts mehr, oder dachte ich alles auf einmal? Jedenfalls bekam ich kein Gedankenphantom mehr zu fassen, so sehr ich mich auch bemühte. Ich wusste nicht einmal genau, was ich fühlte… Schmerz? Wut? Verzweiflung? Vielleicht aber auch Trauer oder Freiheit? Freiheit, die so tiefgehend war, dass sie mich in den Abgrund zog?

Ich starrte geradeaus, mein Blick bekam diese apathische Leere. Wie als habe jemand einen Schalter umgelegt, schwand auf einmal mein gesamtes Gefühlschaos. Ersetzt wurde es durch gähnende Leere. Ich saß da, steif, angespannt. Die Leere setze ein wie eine Woge, die alles in mir beiseitedrängte. Ich fühlte es beinahe körperlich, denn ich spürte überhaupt nichts.

Mein Inneres war wie bereinigt, aber nicht auf eine gute und erlösende Weise, sondern wie ein Computer, dem man die Software gestohlen hatte. Es fühlte sich einfach schrecklich an. Ich wollte weinen, alles einfach herauslassen, denn ich wusste das es mir schlecht ging. Mein Verstand sagte es mir, doch mein Körper widersprach ihm, setzte Leere dahin, wo eben noch absolutes Tohuwabohu gewesen war. Ich wollte schreien, so laut ich konnte, doch ich blieb stumm, denn mein Körper war wie betäubt, wollte mich glaubend machen, da sei nichts wonach es sich zu schreien lohne. Ich hatte keine Macht mehr, konnte meinen Körper nicht mehr steuern. Mein Gehirn empfing meine Signale, doch es reagierte nicht, wollte einfach nicht das tun, was ich ihm befahl.

Weiterhin starrte ich mit einem Blick so leer wie der eines Toten, auf die Ablage, nahm am Rande meine Kosmetiktasche wahr. Mein Blick wanderte, ohne dass ich es ihm befohlen hatte, wanderte weiter und blieb hängen. Ich musste mich Wohl oder Übel damit abfinden, dass ich die Kontrolle über meinen Körper vollends verloren hatte. Ich dachte nicht mehr, machte nur noch, machte was mein Körper mir befal. Ich hatte meine Macht verloren, mein Körper machte nicht mehr, was ich sagte, mein Gehirn setzte um, was mein Körper verlangte. Mein Blick wanderte, bis er schließlich an etwas hängen blieb, einem gräulich silberfarbenen Etui aus robustem Stoff und schwarzen Nähten. Meine Hand streckte sich danach aus und meine Finger öffneten den glänzenden Magnetverschluss, doch ich spürte es nicht. Ich merkte, dass ich es tat aber die Berührung meiner Fingerkuppen mit dem Stoff und dem Metall drang nicht bis in mein Bewusstsein durch. Ich war taub, *gefühlsblind*.

Ich öffnete das Etui, ein Set: Pinzette, Nagelfeile, Nagelschere. Letzteres war es, was ich nun voll Ungeschick aus dem kleinen Mäppchen entfernte, ehe ich den Rest wieder zurück auf die Ablage sinken ließ. Ich drehte den glänzenden Edelstahl in meiner Hand, zwischen meinen Fingern. Ich sah, wie dort, wo die beiden geschlossenen Schneiden in einer Spitze zusammenliefen, meine Haut nach unten gedrückt wurde. Ich wusste, dass es eigentlich ziepen müsste, aber das tat es nicht. Ich ließ die Schere sanft mit ihrer Spitze über meine Haut fahren, beobachtete, beobachtete die kleinen weißen Linien, die sie dabei auf meiner roten Haut hinterließ. Es gab mir dasselbe Gefühl, wie als Kind die weißen Striemen zu beobachten, die Flugzeuge hinterließen, wenn sie in ihren Bahnen über den Himmel glitten. Ich konnte es nicht so wirklich beschreiben, aber in diesem Moment ging etwas magisches von dieser Schere aus. Es war, als würde sie mich anschreien „Ich bin die Lösung aller deiner Probleme! Ich bin das, was du brauchst. Hier! Ich! Ich bin der Schlüssel", und gleichzeitig war es, als würde sie flehen, bitten, betteln doch endlich ein wenig Aufmerksamkeit zu bekommen, dass sich doch bitte endlich einmal jemand um sie kümmere. Und dort war ich nun, hielt das metallene Ding in meiner Hand, und schenkte ihm die Beachtung, die Geltung, nach der es verlangt hatte, die Aufmerksamkeit, die mir keiner gab.

Es war heilend, jemand anderem das zu geben, was ich selbst so dringend brauchte. Ich tat das, was man mit einer Schere tat, klappte sie auf, klappte sie zu, klappte sie auf, klappte sie zu, klappte sie auf. Schnipp. Schnapp. Schnipp. Schnapp. Schnipp. Und mit jedem Mal, mit dem ich es tat, wurde das Schreien, das Verlangen lauter „Benutz mich! Würdige mich! Ich will doch nur benutzt werden." Ich zog meine Finger aus den Ösen und hielt die geöffnete Schere an ihrem Scharnier umgriffen. Meine Phalangen waren zittrig, während ich ansetzte, und nun begann, mit ein wenig mehr Druck über meine Haut zu fahren. Die weißen Linien, die ich auf mir hinterließ, wurden immer deutlicher, immer sichtbarer, immer intensiver. Es gab mir das Gefühl von Macht und Freiheit, zu tun, was ich tat. Der Grund für dieses Gefühl war nicht greifbar, er lag in der Luft, aber es war unmöglich ihn einzufangen. Man könnte es vergleichen mit dem verzweifelten Versuch einen Duft mit bloßer Hand aus der Luft zu greifen, und in ein Einmachglas zu stecken. Ich zog weiter meine Kreise, tat es nicht freiwillig, dennoch gab es mir das Gefühl von Freiheit. Ich spürte es nicht, dennoch gaukelte es mir die Illusion von Macht vor. Immer fester und fester wurden meine Bewegungen, und immer kleiner die Kreise. Letztendlich blieb die Klinge unbewegt auf einem Punkt an meiner linken Hand stehen, kurz oberhalb meines Daumengelenks. Mir wurde bewusst… das Vorspiel war nun vorbei.

Es war für mich an der Zeit mich machtlos mir selbst zu beugen, oder demjenigen, der mich gegenwertig steuerte.

Ich bemerkte die Klinge in meiner Haut, bevor mir auffiel, dass ich diejenige war, die sie führte. Ich schnitt, und konnte hören, wie die Spitze der Schere meine oberste Hautschicht durchtrennte, immer wieder auf Widerstand stieß. Sobald circa ein Zentimeter überwunden war, hob ich die Klinge von meiner Haut ab, setzte sie an den Startpunkt zurück und die Prozedur wiederholte sich, wieder und wieder, und mit jedem Mal war dort weniger Widerstand. Meine Haut beugte sich ihrem Schicksal, so wie ich mich meinem eigenen beugte. Nachdem sich das Prozedere einige Male wiederholt hatte, merkte ich, wie Blut anfing aus der Wunde auszutreten. Der Schnitt färbte sich aus der Mitte heraus rot, die Farbe bewegte sich immer weiter nach außen, bis sie am Ende ankam. Meine Augen ruhten auf der Wunde. Ich sah die Kerbe in meiner Haut, ohne zu realisieren, dass sie wirklich existierte. Für mich war er surreal, ich konnte es sehen, mit meinen Augen erfassen, doch ich konnte es nicht spüren. Da war nur ein Prickeln in meiner Hand, kein Schmerz an der Stelle, wo er eigentlich sein sollte- surreal! Alles, was Teil von mir ist, kann ich Spüren, ein Grundsatz des Menschen, der nicht einfach so aus den Fugen geworfen werden konnte. Nein! Das konnte- Das durfte nicht Wirklichkeit sein. Ich merkte, wie Tränen in meine Augen stiegen, ich war so überfordert, fühlte mich so klein, so einsam, so hilflos, aber ich fühlte. Ich realisierte, dass ich wieder fühlte, dass ich den Wall der Leere durchbrochen zu haben schien, doch nun brach der Staudamm und die Emotionen nahmen mich in grotesken Wogen ein. Ich fühlte Glück darüber zu fühlen, fühlte mich hilflos, weil ich nicht wusste, was mit mir passierte, und vor allem wieso. Ich fühlte mich verzweifelt, denn ich wusste mir nicht zu helfen. Ich kam nicht aus dieser

Schleife des Elends heraus, von der ich nicht einmal wusste, wie ich in sie hineingeraten war. Es war so, als hätte jemand einfach einen Schalter umgelegt, hätte eine Entscheidung über mein Leben getroffen, ohne mich vorher um mein Einverständnis zu bitten.

Ich stand auf, fühlte mich dabei wie ein Roboter, der auf Kommando alles machte, was ihm befohlen wurde, fühlte mich wie programmiert, denn anders konnte ich mir die nahezu schon routinierten Bewegungen, mit denen ich nun das Blut abwusch und mir ein Pflaster über den Schnitt klebte nicht erklären. Ich verdeckte alle Spuren. Ich musste sichergehen, dass keine noch so kleinen Rückstände von dem, was eben passiert war übrigblieben. Es war, als würde ich einen Mord vertuschen wollen, nur, dass ich gleichzeitig Täter, Opfer und Ermittler war.

Ich verspürte das Bedürfnis, den Teil von mir, der sich eben gezeigt hatte, vor meinem restlichen Ich zu verstecken.

Es war, als würde meine Psyche sich vehement weigern, mir zu offenbaren, was seit den letzten zwei Tagen falsch lief.

Ich war erschöpft, nicht nur rein körperlich, auch mental. Ich fühlte mich, als könnte ich an ebendieser Stelle, an der ich mich befand, einschlafen.

Ich zog mich auf die Beine und war verwundert mich auf einmal in einem absoluten Stimmungshoch zu befinden. Ich zog mich an, föhnte meine Haare, putze meine Zähne, von einer plötzlichen Energie übermannt, als sei ich soeben aus einem dreitägigen, komatösen Schlaf erwacht.

Ich summte ein Lied, ließ „Ghost Town" von Benson Boone meinen gesamten Kopf ausfüllen. „Maybe loving me is the reason you can't love yourself. Before I turn your heart into a ghost town, show me everything we've build so I can tear it all down"

Ich liebte diese Zeilen. Ich liebte sie, weil ich sie tiefsinnig und schön fand, empathisch, doch gerade waren sie einzig Mittel zum Zweck. Ich musste es schaffen die eben erschienene Energie beizubehalten, krampfhaft. Ich sang, ich summte, ich verlor mich in Musik. Alles, um nur bloß nicht denken zu müssen.

Alles, um mir bloß nicht die Frage stellen zu müssen; Was war hier gerade vor sich gegangen? Und noch viel eher; warum? Was war los mit mir?

Und da waren sie wieder, die Gedankenschatten, die sich wie eine Gewitterwolke über mich legten. Schachmatt. Treffer, Versenkt.

Ich konnte mir wohl doch nicht selbst entkommen… leider.

Ich steckte in meiner Haut. In meiner Haut, die seit neustem nicht mehr mir zu gehören schien. Meiner verwundeten, zerschnittenen Haut.

Mit der Erkenntnis, dass sich meine Probleme wohl doch nicht in Luft aufgelöst zu haben schienen, kehrte auch schlagartig meine Müdigkeit zurück.

In dieser Nacht schlief ich nur eine Stunde und diese nicht einmal am Stück. Sobald ich einigermaßen zur Ruhe gekommen war, holten meine Gedanken, meine Fragen, die undefinierbaren Bilder in meinem Kopf mich wieder ein. Ich wälzte mich hin und her, döste weg, wachte wieder auf, weinte, drehte mich, döste wieder weg, nur um einige Minuten später erneut schweißgebadet vor Angst hochzuschrecken.

Rastlosigkeit. Meine Gedanken waren rastlos.

Als am nächsten Morgen mein Wecker klingelte, war ich todmüde. So konnte es doch nicht weitergehen sagte ich mir.

Ich traf die Entscheidung, nun endlich zur Normalität zurückzukehren. Mein Kopf hatte wirklich lange genug verrückt gespielt. Ich hatte zu funktionieren. Ein Studium absolvierte sich nicht von selbst und auch der Haushalt musste gemacht werden.

Jane

Als Josefine den Hörsaal betrat, traute ich meinen Augen nicht, denn auf ihren Lippen stand ein breites Lächeln. Es war ein Josefine-Lächeln, nur sie konnte einen ganzen Raum erhellen, wenn sie ihre Mundwinkel anhob.

Das war das Mädchen, mit dem ich mich vor Ewigkeiten angefreundet, und in das ich mich vor kurzem verliebt hatte. Jedoch war ich überrascht, dass eben dieses Lächeln heute Morgen auf Josefines Lippen spielte. Gestern hatte sie so distanziert gewirkt, völlig abwesend und gar nicht bei der Sache. Ich hatte nicht den blassesten Schimmer wieso sie auf einmal wieder ganz die Alte zu sein schien. Wo ich doch gestern noch hatte fürchten müssen, sie habe tatsächlich verstanden, was zwischen uns passiert war.

Ich war verwirrt und allem Anschein nach war ebendies mir auch am Gesicht abzulesen, denn als Josefine nun vor mir stand, hielt sie den Kopf schief und warf die Stirn in Falten.

„Erde an Jane! Haaaallllooooo? Jemand zu Hause?"

Schnell gewann ich wieder an Fassung.

Alles wie immer. Unsere Freundschaft schien intakt zu sein. Unsere Freundschaft... Wie sehr ich diese Umstände doch verabscheute. Ich wollte nicht bloß ihre Freundin sein. Ich wollte mehr. Ich wollte sie an mich ziehen, sie küssen, sie erneut schmecken. *Koste es, was es wolle...*

Aber vielleicht musste es ja gar nicht so weit kommen. Vielleicht... Vielleicht rührte Josefines plötzlicher Sinneswandel ja daher, dass sie gemerkt hatte, dass sie meine Gefühle erwiderte, dass sie mich auch liebte.

Jane wieder in die Augen zu schauen und mich so zu verhalten, als sei alles ganz normal war seltsam. Ich fühlte noch immer diese unbendigbare Übelkeit in meiner Magengegend, die sich auch dann nicht legen wollte, als ich mich nun auf den Sitz neben Jane fallen ließ. Noch immer war mir nicht bewusst, warum ich seit neustem so befangen auf Janes Präsenz reagierte, aber mir war klar, dass ich gefälligst damit aufhören musste, sonst würde ich unsere Freundschaft in die Brüche gehen lassen. Nichts konnte so wichtig sein, wie die Verbindung, die ich zu Jane hatte. Wir kannten uns schon ewig und ich liebte sie von ganzem Herzen. Sie war mir heilig.
Wie könnte ich nur jemals etwas so elementar Wichtiges auf Spiel setzen?
Mein Kopf würde sich schon wieder beruhigen, und so lange war es mir ein leichtes, einfach so zu tun, als sei alles in Ordnung.
Ich würde einfach so lange alle anderen überzeugen, bis ich selbst überzeugt war.

So fand ich durch den Tag. Ich besuchte meine beiden Vorlesungen, unterhielt mich zusammen mit Jane mit einer Hand von Kommilitoninnen und lachte.
Ich lachte, und lachte, und lachte. Lachen war mein Markenzeichen. Ich war diejenige, die gute Stimmung mitbrachte, egal wohin sie kam. Nur schade, dass es heute nur zu kleinen Teilen echt war. Meine Bauchschmerzen zerfraßen mich und gegen Mittag setzten zusätzlich auch die Kopfschmerzen wieder ein. Na großartig!
Trotzig zog ich eine Packung Paracetamol aus meiner Tasche und schluckte zwei der Tabletten, bevor ich mich zur Gruppe zurück gesellte.
Doch es wurde und wurde einfach nicht besser. Im

Gegenteil… Je länger ich zusammen mit Jane und den anderen im Café saß und an meinem Vanilla Chai Latte nippte, desto schlimmer wurde es.

Als ich schließlich anfing schwarze Pünktchen zu sehen stand ich auf und verabschiedete mich. Harper hielt mich am Arm fest.
„Du willst schon gehen?" fragte sie mit gespielter Trauer.
„Bleib doch noch ein bisschen"
„Sorry… ich habe einfach noch super viel zu tun" erwiderte ich. „Ich muss noch bis Montag meine Hausarbeit fertig schreiben"
Eine bessere Ausflucht fiel mir auf die Schnelle nicht ein.
„In welchem Fach denn?" Harper ließ sich nicht abschütteln.
„Germanistik"
„Och Mensch… Ich habe schon gehört. Euer Prof. soll echt die Hölle sein"
Ich nickte. „Total. Na dann, bis die Tage!"
Ich fühlte mich schrecklich. Nicht nur, weil meine Schmerzen mich fast zusammenklappen ließen, sondern auch, weil ich gerade eine meiner engsten Freundinnen angelogen hatte. Was war nur aus mir geworden?

Zuhause angekommen warf ich mich auf die Couch und nahm mir vor, mich von der Realität abzulenken. Ich nahm mein Handy und tippte auf das Galerie Icon. Mein interner Speicher meckerte sowieso seit Ewigkeiten, dass er zu wenig Kapazität übrig hatte. Zeit, sich dieser Sache anzunehmen. Ich scrollte nach unten, langsam und bedacht darauf, Aufnahmen zu finden, die ich löschen konnte, doch schon bald schweifte ich mit meinen Gedanken ab. Dieses Bild, ja… da war ich in Wien gewesen, am Prata, und dort. Dort sah man mich zusammen mit Jane breit in die Kamera grinsen. Unglaublich…

Nach einer Weile stolperte ich über ein Portrait von mir, dass ich ewig nicht mehr gesehen hatte. Es war eine schlichte Bleistiftzeichnung in einem fast schon mangaartigen Stil, die einen Charakter zeigte, der mir nahezu bis aufs Haar glich.

Ich mochte dieses Bild. Es vereinte Kunst mit einem leichten Flair von Überdrehtheit. Die Definition meiner Seele.

Aus einer Intuition heraus öffnete ich WhatsApp und klickte auf Einstellungen. Anschließend lud ich ebendiese Zeichnung als mein neues Profilbild hoch. Ich musste lächeln. Es war ein echtes Lächeln, und es fühlte sich gut an.

Ich schloss die Augen, todmüde. Ich war erschöpft. Bevor ich mein Handy in den Stand-by-Modus beförderte und auf meinen Bauch legte, schloss ich alle offenen Anwendungen. Mein Kopf legte sich leicht auf die Armlehne meiner Couch und erneut fielen mir die Augen zu. Dieses Mal ließ ich es geschehen.

Doch allem Anschein nach, war mir noch kein längerer Frieden gegönnt, denn es dauerte keine fünf Minuten, bis mich der Klingelton, den ich für wichtige Nachrichten eingestellt hatte aus meinen Gedanken riss.

Stöhnend setze ich mich auf, nur um mich dann umzudrehen und mich, mit dem Handy in der Hand, auf den Bauch zu legen.

Eine Nachricht von Jane.

„Wer hat dein Profilbild gemalt?" Gefolgt von einem süffisant lächelnden Emoji und einem, mit einem Kussmund.

„Don't know" schrieb ich, was der Wahrheit entsprach. Die Zeichnung war ein Screenshot, die dem Facebook Konto meines Vaters entstammte. Ich merkte, wie abweisend meine Nachricht klingen musste, daher setzte ich ein „Wie findest du's?" dahinter. Ich musste keine Minute warten, schon konnte ich Janes Antwort auf meinem Display erkennen. Als ihre Nachricht eintraf, sorgte sie dafür, dass sich alles in meinem Bauch anfing schmerzhaft zu verkrampfen.

„Sieht heiß aus" Wieder diese Emojis, dieses Mal immerhin gefolgt von einem tränen lachenden Gesicht. Eigentlich dürfte mich so etwas nicht so aus der Fassung bringen. Das war Janes Humor. Es war kein Tag unserer Freundschaft vergangen, an dem sie keinen schmutzigen Scherz gemacht hatte. Eigentlich schätze ich das sehr an ihr. Sie war selbstbewusst, und sie brachte solche Witze auf eine Weise, dass es nicht anstößig, sondern schlicht untergreifend lustig war. Ich wusste einfach nicht, was mein Kopf seit neustem zu boykottieren versuchte. Ich konnte mir mein Verhalten nicht erklären…

Ich antwortete ebenfalls mit einem lachenden Emoji und dem obligatorischen roten Herz, dass zu jeglicher Zeit ein Teil unseres Chatverlaufes war.

Ich hoffte, die Situation damit entschärft zu haben… halt, es gab nichts zu entschärfen. Ich spielte lediglich über alle Grenzen der Vernunft hinaus verrückt, das war alles. Doch Jane schien heute besonders gut drauf zu sein, denn sie setzte nach „Sieht heiß aus, wie du!" Mittlerweile wunderte ich mich nicht einmal mehr über die angehangenen Gesichter, die Jane für so humoristisch zu halten schien.

Die Emojis die ich als Antwort zurücksendete, trieften vor Überforderung und freundlicher Distanz, doch dann besann ich mich eines Besseren. Jane und ich waren Freundinnen. Das hier war nichts, als ein lustiger Scherz. Ich musste gefälligst normal reagieren. Also setze ich ein „Du auch" mit den von Jane ausgesuchten Smiley Gesichtern dahinter.

Sofort bekam ich eine Antwort. „Echt?!" und direkt dahinter ein „Danke". Erneut mir diesem grauenvollen Smiley, den ich nicht einmal dann benutzen würde, wenn ich ernsthaft mit jemandem flirtete. Also reagierte ich mit einem lockeren „Yes" auf Janes Frage, denn es stimmte. Ich fand alle meine Freundinnen wunderschön, und ich konnte jede*n verstehen, der mit ihnen ausgehen wollte, nur, dass ich sie alle auf eine platonische Art und Weise liebte.

Als ich wieder auf meinen Bildschirm blickte, um Janes neue Nachricht zu lesen, musste ich den Kopf schütteln. Heute war sie wirklich nicht abzuwimmeln.

„Was hat das zu bedeuten…" stand dort geschrieben. Erneut, der Emoji. Ich rollte innerlich mit den Augen. Ich war müde. Ich hatte keine Lust mehr, mich länger spaßhaft anflirten zu lassen.

„Nix" tippte ich in mein Textfeld, merkte aber im letzten Moment, bevor ich die Sendetaste drückte, dass dies ziemlich angriffslustig und unnötig schroff klang, also fügte ich einen lachenden Smiley an.

Wie zu erwarten gewesen war, las sich die Antwort resigniert. Mir war klar, dass der größte Teil nur gespielte Trauer war und der Rest daher rührte, dass ich nicht mehr länger Lust hatte, rumzublödeln.

„Oh schade…" Zusammen mit einem übertrieben deprimiert schauenden Emoji und einem Kussmund.

Ich fasste mir ein Herz. Sie hatte mir doch nichts getan, und dafür, dass ich kurz davor war einzuschlafen konnte sie nun wirklich nichts.

„So war das jetzt nicht gemeint… freundschaftlich natürlich" schrieb ich, und fügte ihr zuliebe sogar den süffisant lächelnden Emoji an.

Noch bevor ich Janes Antwort lesen konnte, war mir klar, dass ich gerade eine neue Runde ihres kleinen Spielchens eröffnet hatte. Und natürlich kam es genauso… ich kannte sie einfach zu gut.

„Komm rüber…" lautete die Nachricht, die soeben auf meinem Display erschienen war. Eine Mischung aus Lachen und Stöhnen drang aus meinem Mund. Ich hatte es mir ja selbst eingebrockt. Nun gut…

Langsam hatte ich einfach keine Lust mehr, und ich hatte mittlerweile wirklich das Gefühl, Jane potenziell auf falsche Gedanken zu bringen. Daher sendete ich als Antwort einen lachenden und einen mit den Schultern zuckenden Smiley.

Als sie nur noch mit einem Kussmund antwortete, dachte ich, endlich mein Ziel erreicht zu haben und schloss erst die App, dann gemütlich meine Augen.

Falsch gedacht…

Keine Minute später trudelte Janes nächste Nachricht in Form eines Piepsens auf meinem Telefon ein. Argg…

Der Wunsch in mir, die Nachricht einfach nicht zu öffnen, und so zu tun, als habe ich sie nicht gesehen stieg weiter an, doch ich rang mich dazu durch, immerhin auf meinem Sperrbildschirm nachzusehen, was Jane noch zu sagen hatte. Es konnte ja sein, dass es wichtig war…

Doch was ich nun las, hinterließ mich verwirrt, denn ich konnte es nicht einordnen.

Die Worte „War es nicht." leuchteten auf meinem Bildschirm. Kontext?

Die Neugier in mir siegte und ich entsperrte mein Handy, um unseren Chat zu öffnen. Ja, ich hatte mich nicht verlesen.

„War es nicht." stand dort. Ohne Emojis, ungewöhnlich ernst für Jane.

Sie hatte sich erneut auf meine Nachricht bezogen, die, in der ich gesagt hatte, dass von meiner Seite aus, alles platonisch zu verstehen war. „War es nicht.", nun, dass ich eine gewisse Art von Kontext hatte, wusste ich noch weniger, was Jane von mir wollte.

Dachte sie, ich sah in ihr mehr als nur eine Freundschaft?

War dies ihre Art, mich zu konfrontieren?

Ich wusste nicht, was ich auf „War es nicht.", antworten sollte, daher schickte ich ihr nur ein Fragezeichen zurück.

Von meiner Müdigkeit, die mich bis dato zu verschlingen gedroht hatte war auf einmal nichts mehr zu spüren. Dachte Jane ernsthaft, ich würde nur Spielchen mit ihr spielen?

Dachte sie wirklich, meine Gefühle wären heimlich andere als die, die ich offen zugab? Oder mochte sie…

Mein Gedankenkarussell wurde von Janes Antwort abrupt unterbrochen. „Von meiner Seite aus nicht." Wieder diese Spannung, diese Seriosität durch die fehlenden kleinen Smiley-Gesichter. Wie sehr ich mich doch nach gerade eben zurückwünschte, wo Jane ganz klar dabei war zu scherzen. Nun, konnte ich es nicht mehr einschätzen. Sie war gerne mal sarkastisch, und neckte mich damit, dass ich es häufig nicht mitbekam, wenn sie mich wieder einmal auf den Arm nahm, schon gar nicht über Textnachrichten.

„Echt?", fragte ich.

„Du siehst wirklich heiß aus.", kam es seitens Jane zurück, und, wie um es noch einmal deutlicher zu machen, antwortete sie auf die Nachricht mit meiner Frage „Yes".

In erster Instanz war ich verwirrt, vielleicht auch ein wenig geschockt, jedenfalls fühlte ich mich sehr unwohl. Jane war häufig drüber, aber man merkte zumeist, wenn sie Spaß machte. Gerade war es nicht die scherzende Jane, mit der ich schrieb, und das machte mir Sorgen. Ich hatte das Gefühl, mit der Jane zu schreiben, die alles so meinte, wie sie es sagte, doch diesen Gedanken schob ich in die hinterletzte Ecke meines Bewusstseins. Das konnte doch nicht wahr sein… Nein, das war Janes Art. Sie testete nur einmal mehr auf eine perfide Weise eine neue Art von Humor an mir aus.

Ich brauchte Klarheit, das ließ sich aus meiner Antwort klar herauslesen. Jane würde jetzt gleich auflösen, dass sie doch nur einen Witz gemacht hatte. Wir würden lachen, und wir würden über etwas anderes reden.

„Wie darf ich das verstehen, ich kann ja deine Stimme nicht hören und ich möchte nicht, dass es Missverständnisse gibt"

Ich hängte einen Emoji mit einem Herz an, um Jane zu bedeuten, dass sie meine Nachricht in keinster Weise böse auffassen sollte.

„Ich stehe auf Girls genauso viel wie auf Boys"

Ich verstand nicht.

Nein, eigentlich verstand ich schon. Eigentlich hatte ich schon lange verstanden, in welche Richtung sich dieses Gespräch entwickelte, doch ich wollte es schlicht untergreifend nicht wahrhaben. Die Freundschaft zu Jane bedeutete mir so unglaublich viel, ich konnte nicht zulassen, dass sie sie auf diese Art und Weise gegen die Wand fuhr und zerstörte.

Ich stellte mich dumm. Ich musste ihr die Chance geben zurückzurudern, so oft es nur möglich war, doch leider war mir bereits bewusst, wie unfassbar niedrig meine Erfolgschancen lagen.

Wenn Jane sich etwas in den Kopf gesetzt hatte, dann zog Jane durch, was auch immer sie sich in den Kopf gesetzt hatte. So war sie einfach, und eigentlich war diese Determination eine der Eigenschaften, wegen denen ich sie so schätzte, doch nun war sie deutlich unbrauchbar.

„Ich auch", schrieb ich daher zurück. Ganz neutral. Ein Fakt, den sie bereits kannte, ohne jeglichen Bezug zu Janes Andeutungen. Ganz nach dem Motto: Ja und, wo liegt da jetzt die Neuigkeit? Nur leider wusste ich bereits, wo die Neuigkeit lag.

Nein. Falsch. Eigentlich wusste ich es nicht. Eigentlich vermutete ich es nur, und vielleicht tat ich Jane damit auch unrecht. Vielleicht hatte sie lediglich mitbekommen, dass es mir die letzten Tage nicht sonderlich blendend gegangen war, und wollte jetzt nett sein. Ja, das musste es sein!

Dann kam Janes Antwort.

„Und ich finde dich unglaublich toll."

Na super. Es war klar gewesen, dass sie meinen Wink mit dem Zaunpfahl übersehen würde.

Auf ein Neues, daher schrieb ich. „Aber du meinst das freundschaftlich…"

Für wie begriffsstutzig sie mich wohl gerade halten musste, war mir relativ gleichgültig, Hauptsache sie merkte endlich, dass dieses Gespräch in eine Nische fiel, in der ich mich überhaupt nicht wohl fühlte, und aus der ich schleunigst wieder hinaus wollte-.

„Der Kuss war toll"

Der Kuss, dieser Gottverdammte Kuss. Ich hatte das doch von Anfang an nicht so wirklich befürwortet. Meine Güte, als hätte mir mein Bauchgefühl bereits so etwas prophezeit.

Ich war nun nicht mehr nur überfordert, sondern nahezu panisch. Ich saß in einer Zwickmühle. Ich liebte Jane über alles, wollte ihr die Welt geben, wollte ihr alles recht machen. Ich wollte, dass sie glücklich war, und wenn ich eines auf gar keinen Fall wollte, dann war es, sie zu verletzen.

„Ja", schrieb ich, mehr um Zeit zu gewinnen, als um ihr zuzustimmen, dankbarerweise fasste sie es aber auch nicht so auf.

„Zumindest für mich." Konnte ich von ihr lesen.

Nun gut. „Für mich eher nicht so" tippte ich in das Textfeld. Ich starrte die Nachricht an. Starrte auf das schwarze Papierfliegersymbol auf dem grünen Hintergrund, und hatte doch nicht den Mut, die Nachricht zu senden. Ich wusste, dass das, was ich im Begriff war zu tun falsch war, aber ich konnte nicht anders. Ich wusste, wie stark Jane Emotionen fühlte. Ich wusste, dass sie mit meiner Antwort nicht würde umgehen können. Ich löschte die Worte und schrieb anstatt dessen „Hatte schon irgendwie was" Stimmte ja, hatte etwas… etwas Grauenvolles, etwas nicht direkt Ekelhaftes, aber etwas, das sich einfach falsch angefühlt hatte. Sie war wie eine Schwester für mich… es war, als hätte mich eine Schwester geküsst. Außerdem, Jane kannte mich. Wenn sie diese Nachricht laß, war ihr klar, dass ich so nicht klang, wenn ich etwas ernst meinte. So schrieb ich nicht. Meine Nachricht klang nicht authentisch, sondern gezwungen. Meine Nachricht klang so, wie Kellnerinnen dann schauten, wenn sie höflich zu einem Kunden sein mussten, der sein Essen dreimal neu bestellt hatte und dann „gönnerhaft" drei Cent Trinkgeld gab. Gezwungen. Zwanghaft.

Doch allem Anschein nach, wollte Jane genauso wenig hören, dass ich sie auf platonische Art und Weise liebte, wie ich hören wollte, dass sie es nicht tat.

„Finde ich auch" lautete Janes neuste Nachricht, nur dass sie es anders meinte.

Ich beschloss, wieder zur vollständigen Wahrheit, zu *meiner* vollständigen Wahrheit zurückzukehren. Nun gut, vielleicht zu einer beschönigten Version davon. „Ich war ein bisschen überfordert mit der Situation" schrieb ich. Das war zwar eine derartige Untertreibung, dass man es nahezu als Stilmittel durchgehen lassen konnte, aber es stimmte.

„Ich weiß", schrieb sie. Warte was?

Sie wusste? Wie?

Aber gut. Manche Dinge ließen sich einfach via Chat nicht regeln, daher tippte ich „Warte eine Minute. Ich rufe dich an"

Mir war klar, dass es an diesem Punkt unumstößlich war, dass Jane mir genau das sagen würde, was sie mir sagen wollte. Ich konnte nicht mehr länger fliehen.

Was sollte ich nur machen? Ich wollte sie auf keinen Fall verletzen, niemals. Koste es, was es wolle.

Und wenn ich vielleicht in einer Beziehung mit ihr war, vielleicht…

Nein, das war keine Option. Ich fühlte auf diese Art und Weise nichts für sie, und ich musste einen Weg finden, ihr das freundlich, aber bestimmt klarzumachen. Ich musste mich durchsetzen, ich…

Ich durfte aber auch auf gar keinen Fall Jane verletzen.

Mein Finger zitterte über dem Telefonhörer-Symbol. Ich war noch nicht bereit anzurufen. Ich konnte mich dem Ganzen noch nicht stellen, doch ich musste. Ob ich dazu bereit war oder nicht. Jane hatte heute als den richtigen Zeitpunkt befunden, mir mitzuteilen, dass ihre Gefühle für mich über das Platonische hinausreichten, und nun war es an mir, eine Lösung zu finden. Schließlich war ich es schuld, dass ihre Vorstellung zerplatzen würde. Ich würde sie unweigerlich verletzen. Ich würde die Böse sein in der Situation und es gab keinerlei wirklichen Ausweg für mich.

Ich atmete tief durch, schloss die Augen und klickte auf des Anrufsymbol, um einen Videochat zu starten. Ich musste Janes Gesicht sehen. Ich konnte nicht länger solch eine ernste Konversation mit meinem Handydisplay führen.

Bevor sie die Chance hatte den Anruf entgegenzunehmen setzte ich mich aufrecht hin und richtete meine Haare. Ich wollte nicht aussehen, wie ich mich fühlte… mieß.

Ein Freizeichen ertönte und Janes Gesicht materialisierte sich pixelhaft auf meinem Bildschirm. „Hey", sagte ich. Es klang vorsichtig, zurückhaltend.

„Hi", auch Jane wirkte nicht so selbstsicher wie sonst.

„Germanistik Hausarbeit, soso…" Sie grinste. „Das ist aber interessant, warum weiß ich davon nichts, wo wir doch in jedem Seminar nebeneinandersitzen" Ertappt schaute ich Jane an. Ich konnte nicht Lügen, ich hatte es um genau zu sein noch nie gekonnt.

„Ja, gut" Ich nickte. „Du hast mich entlarvt. Mir ging es nicht gut, und ich hatte keine Lust auf Diskussionen. Ich wollte nach Hause"

„Ich glaube dir nicht" erwiderte Jane mit einem plötzlichen ernst in der Stimme, der meine Übelkeit zu einem Zenit trieb.

„Was meinst du?", meine Stimme zitterte. Ich hatte doch nichts falsches gesagt…

„Josefine, du gehst mir aus dem Weg. Es geht dir nicht schlecht. Du willst mich nicht mehr sehen"

„Aber nein!" Wie konnte sie nur so etwas denken. „Ich würde dir niemals aus dem Weg gehen. Ich verbringe doch so gerne Zeit mit dir."

Sie lachte.

„Ist klar" Warum war ihr Ton auf einmal so sarkastisch. Und warum glaubte ich eine Spur von Verachtung in ihm zu erkennen. „Jane, was ist denn los? Gerade war doch noch alles okay? Natürlich verbringe ich gerne Zeit mit dir. Ich habe dich doch lieb! Du bist doch meine beste Freundin…"

Wieder dieses Lachen.

„Josefine, wer einmal lügt, dem glaubt man nicht mehr", dieses Mal ließ sich ihre Missbilligung klar heraushören. Ich bildete mir das ganze doch nicht ein.

„Jane", ich atmete geräuschvoll aus. „Du hast mich falsch verstanden. Nein, Gott… du kannst natürlich nichts dafür. Ich habe mich falsch ausgedrückt"

Sie zog eine Augenbraue nach oben.

„Ich würde dich doch niemals belügen, aber du weißt doch wie Harper ist. Ich hatte heute nicht die Kraft, ihr lang und breit zu erklären, warum ich gehen wollte? Okay? Das hatte wirklich, wirklich, wirklich nichts mit dir zu tun!" Ich hatte Panik. Konnte Jane mich so missverstanden haben?

Ich liebte sie so sehr, und ich sagte es ihr jeden Tag. Wie konnte sie das vergessen haben?

Ich fühlte mich wie eine schreckliche Freundin. Zurecht. War ich ja auch. Vielleicht nicht direkt Jane gegenüber, aber Harper auf jeden Fall. Und Jane hatte ich zusätzlich verletzt. Ich hatte die Beiden nicht verdient.

Sie waren immer so gut zu mir, und dann kam ich, und behandelte sie auf diese Weise. Ich sollte mich schämen. Tat ich auch. Immerhin.

„Es tut mir wirklich leid Jane" sie nickte knapp „Wirklich. Ich weiß nicht, wie ich euch verdiene"

„Mit so einem Verhalten jedenfalls nicht", sagte sie, bevor ihre Züge wieder weicher wurden, und sie mich ansah. Nun mit diesem freundlichen, bedeutsamen Blick in den Augen, den ich nicht deuten konnte.

Woher rührte dieser plötzliche Sinneswandel? Ich konnte es mir beim besten Willen nicht erklären, bis… bis Jane den Mund öffnete und weitersprach.

Jetzt kam der Teil, vor dem ich Angst gehabt hatte.

Jetzt kam der Teil, in dem ich eine noch schlechtere Freundin würde sein müssen, denn ich würde ehrlich antworten müssen.

Ich schlechter, schlechter Mensch.

„Josefine… ich verzeihe dir, denn ich finde dich unglaublich toll", sie pausierte kurz, nur um direkt weiterzusprechen.

Nein, sie sollte nicht weitersprechen. Sie sollte nicht alles, was wir hatten zu Nichte machen.

„Unser Kuss… Ich fand ihn nicht nur objektiv gut. Ich habe noch nie so etwas gefühlt. Es war so unglaublich… So unglaublich wie du"

Oh. Mein. Gott. Sie war wirklich im Begriff es zu tun. „Ich glaube ich habe mich in dich verliebt, Josefine"

Und raus war es. Sie hatte es gesagt, ich hatte es gehört. Es war nicht mehr rückgängig zu machen. Ich musste antworten.

Gute Güte, wie verlockend doch die rote Hörer Taste schien. Aber Nein, ich musste mich der Situation stellen.

Ich atmete tief durch. „Jane, hör mal. Ich habe dich echt lieb…" Ich war so eine schlechte Freundin. „…aber auf eine platonische Art und Weise. Versteh mich bitte nicht falsch, ich finde dich wundervoll, aber ich bin nicht in dich verliebt"

Ich sah, wie langsam das enthusiastische Glänzen aus ihren Augen verschwand.

„Ach Jane… ich will einfach nur nicht das verlieren, was wir schon haben. Unsere Freundschaft liegt mir so am Herzen, stell dir vor aus uns wird nichts, und dann wäre all das auch verloren"

Sie seufzte, sagte aber noch immer nichts.

Ich blickte sie an. „Sag doch bitte was"

„Weißt du Lil, das ist das ist das, was ich meinte. Du bist eine katastrophale Freundin"

Ihre Antwort traf mich wie ein schlag in den Magen. Sie

nannte mich Lil, nach meinem Zweitnamen, so wie sie es seit einem Jahr tat. Es war ihr besonderer Spitzname für mich.

„Es tut mir leid! Ich wünschte ich könnte deine Gefühle erwidern. Bitte sag mir, was ich besser machen kann. Ich wünschte so sehr ich könnte dir gegenüber eine bessere Freundin sein!"

Sie holte Luft.

„Das tut nichts zu Sache Josefine. Ich will, dass du siehst, was für eine Möglichkeit das für dich wäre. Stell dir vor was wir für ein Paar wären. Bitte… gib uns doch eine Chance. Wenn du mir wirklich etwas Gutes tun willst, dann gibst du uns eine Chance, ja? Wir können auch Freunde sein, wenn es nicht funktioniert."

„Jane, aber ich liebe dich nicht auf diese Weise" wollte ich sagen, doch ich tat es nicht. *Ich tat es nicht.* Ich war eine schlechte Freundin, so hatte sie es gesagt.

Ich wünschte ich könnte- warte, konnte ich doch. Sie hatte mir doch die Chance gegeben, mein schreckliches Verhalten ihr gegenüber wieder gut zu machen. Ich hatte zwar keine derartigen Gefühle für sie- noch…

Wer sagte, dass das so bleiben musste. Sie war objektiv betrachtet sehr hübsch. Ihre dunkelblonden, fast braunen Locken, die haselnussbraunen Augen, die schönen Gesichtszüge. Ja, objektiv hatte ich wohl den Hauptgewinn gezogen; Ich sollte mich gefälligst glücklich schätzen.

Andererseits… sie war seit Jahren eine meiner engsten Freundinnen und ich hatte nie auch nur einen Gedanken daran verschwendet, mehr von ihr-

Stopp! Das tat hier doch nichts zur Sache. Nur weil Jane mal wieder die besseren Schlüsse gezogen hatte als ich. Sie hatte Recht, wir würden bestimmt wunderbar zueinander passen. Würden wir? Wir-

Außerdem, das war meine Chance ihr zu beweisen, dass ich eine gute Freundin war, dass ich ihr würdig war, dass ich ihre Liebe verdiente.

Ich entschied mich nachzugeben. Nein, nachgeben klang so negativ, so sehr nach Manipulation… Das war Nonsens. Jane würde niemals etwas derartiges tun. Sie war ein Engel in Person. Sie war wundervoll.

Ich entschloss, der Sache eine Chance zu geben… ja, das klang schon besser.

„Nun gut…" sagte ich. „Lass es uns probieren"

„Wirklich?" Jane wirkte ernsthaft überrascht. Sie schien sich zu freuen, es schien zu funktionieren.

Ich war eine gute Freundin.

Ich war eine gute Freundin. Ich war eine gute Freundin!

Mein Herz fühlte sich leichter an, doch auch mein Magen meldete sich erneut. Mir war schlecht.

Aber das war es wert. Jane war es wert. Außerdem gab es keinerlei Verbindung zwischen Jane und meinen Schmerzen. Es war nicht so, als würde Jane mein Essen vergiften, oder ähnliches. Nein, Jane war einfach nur da, und mein Körper spielte verrückt. Vielleicht war ich wirklich in sie verliebt. Man sagte doch, dass frisch Verliebte ihre Anziehung sogar körperlich spürten, nicht wahr?

Und meine Bauchschmerzen waren- ja, seit wann waren sie eigentlich da? Seitdem Jane die Initiative ergriffen hatte mich zu küssen. Sie hatte recht gehabt, ja, sie hatte es gemerkt. Wie hatte ich nur nein sagen können?

Seitdem Jane mich geküsst hatte, schien mein Körper mir auf schmerzhafte Weise mitteilen zu wollen, dass wir zusammengehörten.

So musste es sein…

„Ja" antwortete ich. Ich nickte.

Als ich Janes breites Grinsen sah, musste auch ich lächeln. Ich hatte es geschafft. Ich hatte Jane glücklich gemacht. Endlich würde ich die Chance haben, mich ihrer Liebe würdig zu erweisen.

Doch erneut sah Jane ernst drein. Sie blickte mich an und

sagte „Du weißt ja, ich wirke immer so selbstbewusst" Sie hielt inne und in ihrem Blick lag eine gewisse Art kalkulierender Scheue.

„Ja?" fragte ich behutsam. „Du kannst mir alles sagen Jane. Du kennst mich doch, ich würde niemals über dich urteilen" Sie atmete und sah mich weiterhin verhalten an.

„Nein... das kann ich nicht sagen, das kann ich nicht verlangen"

„Jane...rede doch mit mir. Es ist okay. Ich werde schon nicht beißen"

Ihr Gesichtsausdruck änderte sich zu einem Grinsen, als sie sagte „*Du*, darfst mich gerne beißen"

Ich ließ ihre Andeutung unkommentiert, da ihr Gesicht sofort wieder ernst wurde.

„Lil, ich will nicht, dass du denkst, dass ich nicht hinter uns stehe..."

Uns... das klang seltsam und es sorgte dafür, dass ich mich unwohl fühlte. Bestimmt nur, weil es neu war. Ja, das musste es sein. Neue Dinge machten mir anscheinend Angst, und das war die perfekte Art der Konfrontationstherapie.

„..., denn ich stehe voll und ganz hinter unserer Beziehung, aber..."

Beziehung... es gab wirklich einiges, an dass ich, beziehungsweise mein Bauch sich gewöhnen musste.

„...was ich sagen will, mir wäre es lieb, wenn unsere Beziehung noch für eine Weile geheim bleibt. Ich bin mir zwar sicher mit dir..."

Schön, gut, da war sie wohl die einzige von uns beiden- nein, das klang gemein. Ich liebte sie auch, das hatte mein Körper mir die letzten Tage krampfhaft versucht mitzuteilen.

„Also versteh mich bitte nicht falsch, ich liebe dich über alles, aber ich denke einfach wir sollten privat erstmal so nah aneinanderwachsen, bevor wir das offiziell machen, dass uns nichts mehr auseinander rütteln kann"

Ich hatte nichts einzuwenden.

„Mir ist klar, dass das heuchlerisch klingen muss, aber ich habe einfach Angst, dass in unserem Umfeld jemand homophob reagieren könnte…"

Jane

Das hatte ich wirklich wunderbar eingefädelt… Die Homophobie Masche. Ich wusste, dass spätestens die bei Josefine anschlagen würde, ich hatte schließlich die Kommentare unter ihrem letzten CSD-Posting gesehen. „Verbrenn' die ekelhafte Flagge" „Leute wie du, das sollte illegal sein"
Natürlich hatte ich mich geärgert, so etwas zu lesen, schließlich ging es auch gegen mich und Soleil, in die ich damals noch bis über beide Ohren verliebt gewesen war, doch gerade kam es mir zu nutze.
Nun, sah auch die Sache mit Soleil anders aus. Ich liebte sie nicht mehr. Klar, sie war freundlich, fürsorglich, aber einfach nicht mehr mein Fall. Sie war mir nach einer Weile langweilig geworden. Eigentlich hätte ich das bereits vorher wissen können, doch damals war es mir egal gewesen. Ich war eigentlich ziemlich intelligent, doch ich war verliebt gewesen. Und wie das mit der Liebe nun einmal so ist, tat man Dinge, die man unter keinen anderen Umständen tun würde. Man handelte nicht mehr rational. Man dachte vielleicht noch, aber man handelte nicht mehr nach ebendiesen Gedanken, sondern rein nach der Liebe zum anderen.
Nur doof, weil ich sie jetzt für den Rest meiner Universitätslaufbahn an mir kleben hatte.
Sie war mir egal. Wenn es nach mir ginge, hätte ich bereits vor Ewigkeiten mit ihr Schluss gemacht, doch leider ging es nicht nach mir, wenn ich meinen Abschluss wollte. Soleils Vater war mein Professor in Politikwissenschaften, und leider wusste ich allzu gut, wie sehr er seine Tochter liebte und behütete.
Als wir uns zum ersten Mal bei einem Abendessen kennenlernten, hatten wir keinen sonderlich guten Start, da er wohl fest damit gerechnet hatte, ich sei ein Mann. Das hatte ich auch an den Noten unter meinen Hausarbeiten zu spüren

bekommen. Doch war es mir egal gewesen. Soleil zuliebe hatte ich mein Verhältnis zu ihrem Vater verbessert, und damit, so zeigte sich die Folge, auch meine Noten.

Nun lag ich allerdings in der Prämisse, dass ich auf keinen Fall mit Soleil Schluss machen durfte.

Dennoch musste ich mit Josefine zusammenkommen. Sie war mein Leben, und ich konnte einfach nicht mehr länger von ihr lassen. Sie sollte mir gehören. Nur mir. Sie war mein Eigentum. Dafür hatte ich gesorgt. Ich kannte sie in und auswendig und wusste genau, welche Knöpfe ich bei ihr drücken musste. Ich wusste, wie man sie leicht um den Finger wickelte, wo ihre Stärken und Schwächen lagen. Josefine war ein unglaublich empathischer und herzensguter Mensch, der im Grund immer darauf bedacht war, dass es den Menschen, die sie liebte gut ging.

Sie würde alles für die tun, die sie in ihr Herz ließ, und das war eine wundervolle Voraussetzung für mich. Es war gleichzeitig ihre größte Stärke und ihr größter Fluch. Sie würde immer das Wohl ihrer Liebsten, über ihr eigenes stellen.

Sie war niemand, der es immer und allen recht machen musste, dennoch war sie stehts darauf bedacht, niemanden zu verletzen. Ich wusste, dass daher die Grenzen, die sie sich und anderen setzte, auch manchmal verwischten.

Ich wusste, was ich sagen musste, um Josefine für mich zu gewinnen.

„Lil, sag doch was. Bitte sag du bist mir nicht böse! Ich will einfach nur nicht, dass einem von uns beiden etwas passiert. Ich möchte uns doch nur beschützen"

Damit hatte ich sie, ich sah es an ihrem Gesicht, noch bevor sich ihre Lippen teilten, und sie die Worte aussprach.

„Du hast ja Recht. Und ich schätze es sehr, dass du unser Wohl über den Willen stellst, uns nicht geheim halten zu müssen. Wir machen es so, wie du sagst"

Hatte ich es gesagt, oder hatte ich es gesagt?

Josefine war intelligent, aber auch gleichzeitig ein guter Mensch, was sie unglaublich berechenbar machte.

Josefine

Ich war glücklich. Ich war endlich wieder in einer Beziehung. Lange genug hatte es gedauert. Als ich das letzte Mal liiert gewesen war, war die Sache wirklich alles andere als schön geendet. Ich hatte mich für ein Jahr aus dem Dating Leben herausgezogen, weil ich das Gefühl gehabt hatte, erst einmal wieder Fuß fassen zu müssen. Meine Ex Freundin war sehr besitzergreifend gewesen, und Jane hatte mich immer gewarnt, dass sie mich nur ausnutzte. Wie recht sie doch gehabt hatte. Aber ich hatte damals nicht auf sie hören wollen, daher hatte mich das Ende dieser Beziehung am Boden zerstört hinterlassen.

Nach besagtem Jahr hatte ich immer mal wieder damit anfangen wollen zu daten, es hatte sich jedoch nie so wirklich ergeben. Ich war in den letzten drei Jahren auf keinem einigen Date gewesen.

Und nun, nun hatte ich eine neue Partnerin. *Es fühlte sich schön an, schmeichelnd, von jemandem gewollt zu werden.*

Und ich mochte sie auch. Ich konnte es kaum erwarten, bis endlich meine Bauchschmerzen abebbten, doch sie schienen nur stärker zu werden.

Ich schob es auf den Fakt, dass ich mit Sicherheit sehr aufgeregt war, aufgrund dieser doch so erfreulichen Situation.

Ich schaute auf mein Handy, noch immer war dort Janes Gesicht. Wir hatten unseren Videoanruf schlicht weg nicht beenden wollen, weshalb wir nun koexistierten und unser Ding machten, mit der wärmenden Präsenz der jeweils Anderen an unserer Seite. Sie faltete gerade einen gewaltigen Berg Wäsche. Als sie meinen Blick auf sich bemerkte, grinste sie mich schmutzig an.

Anschließend versenkte sie ihre Hand in dem Meer aus Stoff und als sie mich wieder ansah, hielt sie ein undefinierbares

schwarzes etwas in der Hand. „Rate mal, was das ist?"
Ich zuckte mit den Schultern. „Woher soll ich das wissen?"
fragte ich, und fügte ironisch an „eine Socke? Ihhhh…"
Sie lachte. „Mensch Lil… das ist ein Tanga. Du musst aber bis
zum Zweiten Date warten, bis du ihn angezogen siehst"
Schlag in den Magen. Übelkeit. Ich hatte das Gefühl, gerade in
einem Boxkampf von mehreren Gegnerinnen besiegt worden
zu sein.
Ich fühlte mich unwohl, wenn sie so etwas sagte. Ich wusste,
so sollte ich nicht fühlen in dieser Situation. Ich sollte ein Krib-
beln von tausend Schmetterlingen verspüren, oder giggeln,
wie ein Teenager doch, wenn ich ehrlich zu mir selbst war, tat
ich das nicht. Was nicht zwingend heißen musste, dass ich
nicht in Jane verliebt war. Es hieß nur, dass ich Zeit brauchte,
mich an die neue Situation zu gewöhnen. Nicht mehr, und
nicht weniger.
Also setzte ich eine gespielt beleidigte Miene auf und gab zurück „Ach schade…"
Danach tat ich alles, um schleunigst das Thema zu wechseln,
was darin resultierte, dass unser Telefonat nahezu anschließend endete.

Jane

Josefine war mir zu unenthusiastisch! Ich musste es schaffen, dass sie wirklich den Eindruck gewann, dass sie mich liebte. Ich wollte mit ihr zusammen sein, mehr als alles andere, und dafür war es wichtig, dass sie glaubte, das gleiche zu wollen. Ich musste es irgendwie schaffen, noch weiter in ihren Kopf vorzudringen. Ich hatte das gesamte letzte Jahr darauf verbraucht sie langsam, aber sicher umzupolen.

Ich hatte ihr gezeigt, dass ich die einzig wahre Freundin für sie war. Ich hatte dafür gesorgt, dass sie niemandem so vertraute wie mir. Ich hatte alle anderen schlecht geredet, solange, bis es in Josefines engstem Kreis einzig mich gab. Mich, und nur mich.

Es gab für sie quasi keinerlei Ausflucht, sie konnte mir nicht entkommen, denn ich war ihr einziger sozialer Anker, der sie vor der vollständigen Isolation rettete.

Ich war gut für sie, das wusste sie.

Ich war immer da, und mir konnte sie vertrauen. Ich war die Einzige, die Josefine hatte, und nun war es an der Zeit, dass sie sich revengierte.

Sie hatte mir gefälligst die vielen Stunden zurückzuzahlen, die ich in liebevollster Kleinarbeit darauf verwendet hatte, ihr gesamtes soziales Leben langsam zu dekonstruieren und auszumisten.

Nur ich hatte sie verdient, nur mir sollte sie gehören. Ich hatte ihr einen Gefallen getan, und nun hatte sie mir ihre Dankbarkeit zu beweisen, indem sie mich im Gegenzug liebte. Ich würde sie schon noch zu dem Gedanken bekommen, dass sie dies tat.

Hach, war sie doch so liebenswürdig, und gleichzeitig so naiv. So einfach zu manipulieren…

Wie gut, dass ich sie beschütze. Ich würde nicht zulassen, dass irgendjemand sie ausnutze, sie missbrauchte.

Es klingelte an meiner Wohnungstüre. „Josefine!" war mein erster Gedanke, doch mir war klar, dass es nicht sie sein würde, noch bevor ich die Klinke herunterdrückte, und meinen Gast hereinbat.

Es war Soleil... wer auch sonst?

In ihrer Hand hielt sie einen Blumenstrauß, Lilien, meine Lieblingsblumen. Lilien, wie Lil, mein Spitzname für Josefine.

„Hi", Soleil klang geradezu schüchtern „Ich dachte, ich komme vorbei und schaue, wie es die geht... Um ehrlich zu sein... ich bin ein wenig überfordert... Ich weiß nicht, wie ich mit der Situation... umgehen... du weißt schon... Ich habe so etwas noch nie erlebt, und ich will für dich da sein, aber... ich will auch nichts falsch machen..." Ihre Stimme zitterte.

„Mhh", mein Ton klang schroffer als beabsichtigt. Sie hatte mich gestört, hatte mich aus meinen Gedanken an Josefine gerissen, und nun musste ich gezwungenermaßen schlecht über sie, über die Liebe meines Lebens reden. Innerlich triefte ich vor Verachtung, doch ich musste schleunigst darauf achten, meine Emotionen unter Kontrolle zu bekommen, sonst würde ich mich noch verraten.

„Um Gottes Willen, Jane, bitte versteh mich nicht falsch!" In ihren Augen stand Verzweiflung zu erkennen. Diese Augen, so voll von Emotionen. Sie ging mir auf die Nerven. „Ich will für dich da sein, ich werde für dich da sein! Ich will nur nicht versehentlich eine deiner Grenzen übertreten. Ich habe die ganze Nacht im Internet verbracht, um herauszufinden, wie ich dir am besten helfen kann... Ich will nur, dass es dir gut geht. Bitte sag mir, sobald ich etwas mache, womit du dich nicht wohl fühlst, okay?"

„Am allerliebsten wäre es mir, wenn du mich nie wieder anfasst, meine Wohnung betrittst oder dich sonst irgendwo in meiner Nähe aufhältst", doch diesen Kommentar verkniff ich mir, da mir etwas an meinem Universitätsabschluss lag.

Die nächsten Stunden vergingen schleppend, denn Soleil

versuchte tatsächlich Pläne zu schmieden, wie man mir am besten helfen konnte. Und ich, ich saß da, hörte zu, nickte an der ein oder anderen Stelle, mit einem leeren Blick in den Augen, und Soleil fühlte sich bestätigt. Eigentlich war meine Emotionslosigkeit dem Fakt geschuldet, dass ich gelangweilt war, und mich Soleils schiere Präsenz störte, doch ich ließ sie in dem glauben, dass der Grund für mein Verhalten in einem tiefgreifenden, traumatischen Ereignis lag. Ich mochte diese Rolle, ich war das Opfer in ihren Augen, und sie war respektvoll. Sie würde nicht einmal im Traum daran denken, mich in nächster Zeit auf romantische Art und Weise zu berühren. Soleil sprühte vor einer derartigen Empathie und Energie, dass sie mir zu viel war. Sie war mir zu anstrengend, und sie ging mir auf die Nerven, jedoch war ihr Charakter für diese Situation definitiv von Nutzen. Ich musste nicht großartig Schauspielern, damit sie mir glaubte, ich musste nicht viel sagen, um sie dazu zu bringen, das zu tun, was ich von ihr wollte, ich hatte sie unter meiner Fingerkuppe gefangen. Soleil war intelligent, doch sie war auch emotional, und das machte es mir so viel einfacher, sie unter Kontrolle zu halten. Außerdem war mir klar, dass die Rolle des Missbrauchsopfers bei Soleil zog. Neben ihrer unfassbar riesigen und unfassbar nervtötenden Empathie, hatte sie eigene Erfahrungen mit dem Thema. Als wir uns kennenlernten, hatte sie mir davon erzählt, wie sie als Teenager von einer Freundin vergewaltigt wurde.

Sie hatte mir im Detail erzählt, wie es passiert war, wie sie sich gefühlt hatte, und ich hatte den Schmerz in ihren Augen erkennen können.

Als sie damals von Vergewaltigung gesprochen hatte, hatte ich Mitleid empfunden, doch als sie mir ihre Geschichte erzählte, musste ich mir insgeheim eingestehen, dass ich fand, dass sie die Dinge überdramatisierte. Sie hatte von chronischen Schmerzanfällen gesprochen, die sie über Jahre heimgesucht hatten, über Phasen, in denen sie kaum essen konnte, über Phasen, in denen sie einzig dazu in der Lage gewesen war, im Bett zu liegen, und regungslos an die Decke zu starren. „Ich war wie tot, nur dass mein Körper lebendig war", hatte sie gesagt, und ich hatte sie angeschaut, hatte genickt, und hatte mir gedacht „was manche Leute sich nicht alles ausdenken, um Aufmerksamkeit zu bekommen".

Damals, war mir das aber ziemlich egal gewesen, diese Groteske, die Soleil mit sich trug, denn ich hatte sie geliebt, und es hatte mich nicht interessiert, dass sie die Dinge manchmal überdramatisierte.

Heute liebte ich sie nicht mehr.

Heute nervte mich ihre scheinheilige Art, für mich da zu sein. Sie war nicht so nett, wie sie tat, darauf würde ich wetten.

So würde ich mich niemals verhalten, und ich war nun wirklich kein schlechter Mensch.

„Aber ich muss dir ganz ehrlich sagen Jane, ich habe den größten Respekt vor dir, wie du diese schwierige Situation durchstehst"

Mist, ich war gedanklich abgedriftet. Soleil schaute mich durchdringend an, in ihrem Blick eine Menge an Liebe, die mich anwiderte.

„Ich konnte damals nicht so gut mit meiner Situation umgehen. Du bist wirklich stark"

Ich hatte nicht die geringste Lust auf ihr sentimentales Geschwafel, daher schaute ich sie zutiefst getroffen an, und fragte „Willst du damit etwa sagen, dass ich Lüge?!"

Wie erwartet war ihr Blick schockiert. „Nein, Jane, nein. Um Gottes Willen! Ich glaube dir. Ich wollte dir Mut machen, und ich wollte dir sagen, dass irgendwann alles wieder gut wird!"

Josefine

Ich war todmüde. Ich wollte schlafen, wollte mich einfach nur in mein Bett legen, und meine Augen schließen. Ich brauchte Ruhe, doch immer, wenn ich meinem körperlichen Verlangen nach einer Pause stattgeben wollte, immer wenn ich versuchte meine Muskeln zu entspannen und einzuschlafen, wurden die Gedanken in meinem Kopf unerträglich laut.

Um mich herum war es still, und während meine Augen offen, und ich abgelenkt war, war ich einigermaßen in der Lage zu funktionieren, doch als ich nun versuchte, meinem Körper die Pause, die Entspannung zu geben, die er verdiente, brach eine Lawine an Gedanken aus meinem Kopf los. Ich gab mir Mühe, besagte Gedankenphantome zu denken, damit sie meinen Kopf verlassen und mir meinen Frieden geben würden, doch wann immer ich versuchte, einen meiner Gedankenfäden zu greifen, entwischte mir dieser sofort.

Es war, als sei mein Kopf voll von gleichzeitig allem und nichts.

Mir war klar, dass ich an diesem Punkt allein nicht weiterkam. Ich musste mit einer Freundin reden. Unter normalen Umständen wäre ich bei Jane aufgekreuzt, hätte sie um einen Ratschlag gebeten, hätte sie mich in den Arm nehmen lassen, doch situationsgegeben war das leider keine Möglichkeit. Wen konnte ich sonst noch fragen? Zu wem konnte ich gehen? Wen würde ich mit meiner Präsenz nicht belästigen? Gab es überhaupt jemanden, dem ich nicht auf die Nerven ging? Ich wusste, dass ich kein einfacher Mensch war. Ich war zu viel von allem, zu glücklich, zu traurig, zu empathisch. Ich hatte nicht viele Freunde, und seitdem ich Jane kennengelernt hatte, war ich eigentlich mit keinem anderen Menschen auf dieser Welt so vertraut, wie mit ihr.

Vor Jane musste ich mich nicht verstellen, musste nicht filtern, was ich sagte, musste meine Emotionen nicht auf ein

„normales" Pensum dezimieren, herunterbrechen. In anderen
Worten, ich konnte einfach ich selbst sein, mein wahres ich,
das ich, was ich auch in meinem Kopf war, und nicht das Bild,
was ich versuchte zu verkörpern, während ich mich unter
Menschen befand, bei denen ich mich nicht sicher fühlte.
Ich ging gedanklich Personen durch, die sich in meinem enge-
ren Umfeld befanden, und blieb bei Harper hängen. Ich sah
sie als eine meiner besten Freundinnen an, doch unser Kontakt war früher deutlich enger gewesen. Heute kannten wir
uns immer noch sehr gut, aber seitdem ich enger mit Jane geworden war, hatte sich unsere Freundschaft ein wenig aus
den Augen verloren. Ich war ein grauenvoller Mensch! Jane
hatte sowas von recht. Wie konnte ich es nur in Betracht ziehen, sie mit meinen Befindlichkeiten zu belasten, wo ich sie
eben noch für eine Kleinigkeit belogen hatte. Außerdem war
ich es gewesen, der unsere Freundschaft hatte schleifen lassen.
Ich war schuld, dass wir nicht mehr unzertrennlich waren. Ich
verdiente sie nicht in meinem Leben. Ich...
Ich hasste, wenn mein Kopf so etwas machte. Wann immer ich in
Panik geriet, war es mein erster Instinkt, ein Problem bei mir
zu suchen, mein Zweiter, mich bei Gott und der Welt für die
absurdesten Dinge zu entschuldigen. So war ich einfach. Ich
hatte es lange im Griff gehabt, aber seit einem Jahr, wurde es
wieder deutlich stärker. Die einzige Person, die in der Lage
war mich aus meinem Gedankenkarussell zu reißen war Jane.
Sie hatte sehr viel Macht über mich, und ich war dankbar zu
wissen, dass sie ein guter Mensch war, und dies niemals aus-
nutzen würde.

Ich fasste einen Entschluss. Harper mochte mich. Sie war immer bei mir geblieben, und wir waren in unserer Freundschaft
durch Höhen und Tiefen gegangen. Ich konnte mit ihr reden.
Sie würde mich nicht verurteilen. Ob ich es nun verdient hatte
oder nicht, war etwas anderes. Bevor ich es mir wieder leisten

konnte, über etwas solches nachzugrübeln, musste ich erst einmal dafür sorgen, dass ich wieder in der Lage dazu war, überhaupt zu denken.

Ich nahm mein Handy vom Couchtisch und wählte Harpers Nummer. Bereits nach dem zweiten Klingeln ertönte das Freizeichen am anderen Ende.
„Hallo?"
„Hi, Harper"
„Josefine? Bist du das?"
„Ich bin es, und ich habe eine Misere... Ich darf es eigentlich niemandem... aber... hast du vielleicht Zeit, mit mir zu reden? Ich... glaube ich brauche deinen Rat"
„Aber klar doch! Magst du rüberkommen?"
„Danke, du bist die Beste. Bis gleich!"

Harpers Wohnung war nur einen Block von meiner entfernt. Als ich vor ihrer Haustüre ankam, war mir übel, doch es war eine andere Form von Schmerz als die letzten Tage. Ich merkte, wie mein schlechtes Gewissen mich innerlich zu zerfressen schien.
Harper war so freundlich und liebevoll mir gegenüber. Und ich... ich war... *ich*.
Ich war ich, und sie hatte eine so viel bessere Freundin verdient.
Noch bevor ich die Chance hatte zu klingeln hörte ich das Surren der Tür und trat ein. Harpers Wohnung lag im dritten Stock, und als ich oben ankam, stand sie bereits strahlend auf dem Treppenansatz, bereit mich zu umarmen.
Wenige Minuten später saßen wir gemeinsam auf ihrer Couch, in der Hand zwei Tassen mit Chai Tee und jeweils einem Schuss Weißwein.
Eigentlich gehörte ich zu den Menschen, die nicht wirklich Alkohol tranken, jedoch war mir klar, dass dieses Gespräch

unangenehm werden würde. Ich würde meine Wahrheit aussprechen müssen, dabei war ich mir selbst nicht einmal sicher, was meine Wahrheit nun eigentlich war.

„Wie geht es dir?", der Blick in Harpers Augen war ehrlich, „Wie kann ich dir helfen?"

Erst wusste ich nicht, was ich sagen sollte. Ja, gute Frage… Was war eigentlich los? Wie ging es mir? Ich schloss die Augen, holte tief Luft und sah Jane vor meinem inneren Auge. Ich sah sie und ich hörte ihre Stimme, ich vernahm ihre Worte. „Schlechte Freundin" hallte es in mir, wieder und wieder. Und plötzlich platze es aus mir heraus. In diesem Moment wurde mir alles zu viel. „Es tut mir so leid! Ich bin eine katastrophale Freundin" Ich sah die Verwunderung in Harpers Gesicht, sie setzte an etwas zu sagen, doch ich war nicht in der Lage zu stoppen. „Ich habe unsere Freundschaft schleifen lassen, und kaum habe ich ein Problem komme ich wieder bei dir an. Ich bin ein schlechter Mensch, es tut mir so leid! Dabei habe ich dich doch wirklich lieb, bitte glaub mir das! Du bist immer da, obwohl ich das gar nicht verdient habe. Du bist ein Engel!"

Harper schaute mich noch immer perplex, aber mit einem weichen Ausdruck in den Augen an. Sie schaute ins Leere, bevor sie anfing zu sprechen. Das machte sie immer, sie dachte nach. Deshalb unterhielt ich mich so gerne mit ihr. Die Worte, die aus ihrem Mund kamen waren wohl überlegt. Sie dachte, bevor sie sprach, und sie gab immer ihr Bestes, hilfreich zu sein. Ich schätze das sehr an ihr.

„Ich kenne dich doch, und ich weiß, dass das nichts Persönliches ist. Bei dir ist viel los momentan, und das ist absolut okay. Wir haben eine wunderbare Freundschaft, und dass man sich manchmal nicht so häufig sieht ist vollkommend normal. So etwas muss eine Freundschaft wie unsere aushalten können."

„Ach Harper, du bist ein Engel! Danke! Was würde ich nur

ohne dich machen?" „Nicht doch Schatzi. Nicht dafür. Aber
du hast etwas von einer Misere gesagt. Magst du mir erzählen, was da los ist?"

„Wenn ich das so genau wüsste"

„Okay… es geht um eine Person, oder?"

„Ja… nein, Ja"

„Kenne ich ihn oder sie, ist es ein er oder eine sie?"

„Sie und ja, nein. Hach. Ich weiß nicht. Eigentlich gibt es gar
kein Problem. Maximal bin ich das Problem. Ach, vergiss es
einfach. Jane hat nichts falsch gemacht"

„Jane? Unsere Jane?" Harper klang interessiert, aber sie
drängte mich zu nichts. Bei ihr hatte ich das Gefühl, genau die
Dinge sagen zu können, mit denen ich mich wohl fühlte.

„Ja, Jane. Aber es ist bescheuert. Mein Kopf überdramatisiert
nur wieder Dinge, die eigentlich ganz normal sind. Nur ist
mir seit dem es passiert ist total übel, und ich kann kaum essen."

„Das klingt für mich nicht, als ob nichts wäre. Magst du mir
erklären, was du mit *es* meinst? Falls ihr euch gestritten habt,
dann wird das bestimmt wieder. Ganz ehrlich, ihr seid doch
die besten Freundinnen"

„Nein, wir haben uns nicht gestritten. Oh Gott. Eigentlich
dürfte ich das hier eigentlich alles gar nicht erzählen. Ich bin
so ein grauenvoller Mensch."

„Bist du nicht. Jeder muss manchmal über Dinge, die sie be-
schäftigen reden. Das ist ganz normal. Und mach dir keine
Sorgen. Ich erzähle es schon nicht weiter"

„Ich weiß nicht, einfach so hinter Janes Rücken…?"

„Ist es denn etwas, was dich betrifft?"

Harper stellte genau die richtigen Fragen. Sie würde einmal
eine brillante Psychologin werden, da war ich mir sicher.

„Ja, es betrifft mich schon"

„Siehst du… wenn es dich betrifft, dann kannst du auch darüber reden. Das ist deine Entscheidung!"

„Also Jane und ich… Wir- Wir sind wohl zusammen jetzt?"

„Zusammen? Ganz ehrlich, du klingst nicht so wirklich begeistert gerade"

„Wir sind zusammen weil ihr unser Kuss leider ziemlich gut gefallen hat"

Leider? Warum hatte ich leider gesagt. Ich war mit ihr zusammen. Ich sollte mich gefälligst darüber freuen. War ich nun vollkommend übergeschnappt?

„Euer Kuss? Aber ich dachte ihr seid befreundet gewesen?"

„Ja, waren wir… sie ist meine beste Freundin"

„Korrigier mich, wenn ich falsch liege, aber hast du nicht eigentlich diese Regel… wie war sie noch gleich. Freundschaft bleibt Freundschaft und Beziehung bleibt Beziehung?"

„Ja, das ist meine Regel. Ich finde es beindruckend, dass du dir das behalten hast"

„Josefine, du lenkst vom Thema ab. Natürlich merke ich mir die Dinge, die du sagst, du bist eine meiner engsten Freundinnen, aber ich fürchte ich verstehe nicht ganz, wie es dann zu eurem Kuss kam"

„Das war ja nicht meine Entscheidung"

„Wie meinst du, das war nicht deine Entscheidung? Wessen Entscheidung sollte es denn sonst sein?"

„Naja, Janes. Ich habe ja nein gesagt, weil ich die Idee nicht so genial fand, aber naja… sie hat mich dann halt geküsst"

„Du hast nein gesagt?"

„Ja, natürlich, mehrfach. Du hast doch gesagt, du erinnerst dich an meine Regel"

„Habe ich das jetzt richtig verstanden. Du hast nein gesagt, mehrfach, und sie hat dich trotzdem geküsst?"

„Exakt. Sie hat mich geküsst und angefasst. Sie hat halt eben gewonnen…"

„Gewonnen? Josefine, weißt du was das ist?"

„Was meinst du?" Ich war verwirrt. Ich verstand nicht, warum da auf einmal ein verstörter Blick in ihren Augen war.

„Finchen, das ist missbrauch?!"

Ach komm... Harper sah das zu eng. Jane war meine Freundin. Sie würde niemals- Sie wollte nur das Beste für mich, und sie war in mich verliebt.

„Himmelswillen Harper! Jane würde niemals"

„Denk doch mal nach, was soll es denn sonst sein. Hör gefälligst auf sie in Schutz zu nehmen!"

„Sie ist meine Freundin. Sie liebt mich, sie würde niemals etwas tun, was mich verletzen könnte"

„Josefine, so etwas machen Freunde nicht"

„Aber sie liebt mich!"

„Liebst du sie?"

„Platonisch, fürchte ich" Ich grauenvoller Mensch. Ich verleugnete meine Freundin, von der ich mich eigentlich glücklich schätzen sollte, sie zu haben. Ich ekelha...

„Dann mach Schluss" Harpers Worte trafen mich wie ein Pfeil. Ich konnte nicht- Ich konnte nicht Schluss machen.

„Das hat Jane nicht verdient. Ich wäre eine schlechte Freundin, wenn ich nicht mit ihr zusammen wäre. Ich verdiene sie so oder so nicht, aber so kann ich ihr immerhin ein wenig gerecht werden."

„Finchen, darum geht es doch nicht. Du bist ein wundervoller Mensch, und jeder kann sich glücklich schätzen dich zu haben, aber in einer Beziehung geht es um Liebe. Du verdienst es in einer Beziehung mit jemandem zu sein, den du liebst"

„Denkst du, sie wird mich hassen?"

„Nein Josefine. Du kannst nichts für deine Gefühle. Tu dir selbst den gefallen und mach Schluss. Wenn du magst, helfe ich dir dabei"

„Ich glaube das muss ich alleine machen. Danke Harper. Du bist ein Engel. Ich wüsste nicht, was ich ohne doch machen sollte"

„Sei nicht so hart zu dir selbst, Josefine"

Josefine

Nach einiger Zeit, verlor sich das Gespräch zwischen mir und
Harper, und mit den Worten „Du schaffst das, ich glaube an
dich" schickte sie mich nach Hause.
Als ich in meiner Wohnung angekommen war, übermannte
mich erneut dieses Gefühl von Leere, doch ich konnte darun-
ter gerade nicht einknicken.
Ich musste es tun. Ich musste tun, was richtig war. Als ich
mein Handy zur Hand nahm, schob eine mich nahezu verzeh-
rende Angst mein Gefühl der Abtrünnigkeit beiseite. Was
blieb war ich, als ein zitterndes Häufchen Elend, zusammen-
gekauert in meinem Bett. In der Hand mein Telefon.
Ich öffnete ein Textfeld und fing an zu tippen.
„Liebe Jane,
Ich habe darüber nachgedacht, wie und ob ich es dir sagen
soll, aber ich muss ehrlich zu dir sein…
Ich wollte dich nicht verletzen, als du mir gesagt hast, dass du
mehr für mich fühlst, und dachte um ehrlich zu sein auch,
dass meine Gefühle vielleicht auch noch wachsen könnten,
wenn wir uns öfter sehen. Außerdem war es sehr schmeichelnd, so etwas gesagt zu bekommen. Aber mir ist aufgefallen, dass es dir gegenüber nicht fair wäre, weiterhin so zu tun,
als hätte ich mehr als nur freundschaftliche Gefühle für dich.
Ich habe für mich gemerkt, dass meine Gefühle dir gegenüber
andere sind als für beispielsweise meinen Ex-Freundin damals. Mir fällt es sehr schwer, dir diese Nachricht zu schreiben, weil ich dich wirklich in keinem Fall verletzen möchte.
Ich hoffe, dass du das verstehen kannst, und wir trotzdem
Freundinnen bleiben, wie du gesagt hast. Freundinnen, die
sich gegenseitig alles anvertrauen können, und die füreinan-
der da sind, denn ich finde wir sind zusammen ein richtig gutes Team. Ich möchte auf keinen Fall, dass du jetzt traurig bist.
Du musst mir, wenn du nicht magst, auch nicht direkt

zurückschreiben, aber wenn du ein offenes Ohr brauchst, dann bin ich da"

Ich hatte mein ganzes Herz in diese Nachricht geschüttet. Ich hatte alles, was ich gesagt hatte, so gemeint und es hatte sich in gewisser Weise gut angefühlt, so ehrlich gewesen zu sein, auch wenn die Stimme in mir so laut wie noch nie schrie, ich sei ein grauenvoller Mensch.

Ich drückte auf „senden" und kaum zwei Minuten später konnte ich eine Antwort auf meinem Bildschirm lesen.

„Okay" stand dort. Nichts weiter, kein Satzzeichen, nichts.

„Okay"

Irgendwie war das die schlimmste Antwort, die ich hätte bekommen können. Nicht, weil es an meinem Ego kratze, sondern weil ich Jane kannte, und wusste, dass es nicht wahr war. Sie war nicht okay.

„Was sagst du?", setzte ich daher hinterher.

„Hast du Theater gespielt?"

„Naja…ich mag dich wirklich, und es ist auch wahr, dass ich die Zeit mit dir schätze, aber… *nicht so*"

„Gut gespielt! Ich hab's dir tatsächlich abgekauft. Applaus"

„Ich wollte dir einfach nur nicht wehtun. Es tut mir leid!!!" Ich war verzweifelt.

Jane

Und zack, ich hatte Josefine. Wie einfach es doch war. Natürlich kratzte es an meinem Ego, dass ich sie wohl doch nicht so tief in meinen Fängen hatte, wie gedacht, doch in dieser Situation bot sich dankbarerweise die Möglichkeit, dies zu ändern.

„Ich bin nicht sauer auf dich", schrieb ich.

„Wirklich?"

„Mach dir keine Gedanken", ich grinste. Jetzt hatte ich sie. Sie würde sich Gedanken machen, und ich würde sie abblitzen lassen.

„Mach ich aber. Ich will nicht, dass du traurig bist"

„Ist okay"

„Ist es nicht."

„Dann lass uns leider Freunde bleiben"

„Solange du leider schreibst, ist noch nicht alles geklärt"

„Was willst du denn machen?!", ein bisschen Wut, ein bisschen gespieltes verletzt sein. Das war das perfekte Rezept, Josefine an mich zu binden. Ihre Empathie war ihre größte Schwäche, und ich liebte es, wenn ich es schaffte, sie für mich zu nutzen.

„Sag doch einfach, wenn du gerade nicht darüber reden willst"

„Doch, klar, dann lass uns reden, aber was willst du schon machen?"

„Solange mit dir schreiben, bis es dir wieder besser geht"

Jetzt hatte ich sie am Haken, nun war es an der Zeit für meinen finalen Schachzug. Ich schloss WhatsApp und schaltete mein Handy in den Flugzeugmodus.

Voilá, jeden Tag eine gute Tat.

Josefine

Nachdem Jane verdächtig lange nicht mehr geantwortet hatte,
schrieb ich erneut „Jane?"
Meine Nachricht ging nicht mehr rein. Ich hatte das Gefühl
soeben den größten Fehler meines Lebens gemacht zu haben.
Hatte ich den Menschen verloren, der mir auf dieser Welt am
meisten bedeutete?
Die folgende Nacht tat ich kein Auge zu, und ebendiese
schlaflose Nacht, jagte mich in einen katastrophalen Tag.
Als ich Jane morgens durch die Uni laufen sah, reichte schon
ihr Anblick, um mich in Tränen ausbrechen zu lassen.

Als ich Soleil das erste Mal sah, stand ich vor dem Spiegel der
Unitoilette und versuchte mein Bestes, nicht erneut in Tränen
auszubrechen. Ich kannte sie vom Sehen her, Anglistik studierte sie, so glaubte ich. Als sie eintrat, war der Blick aus ihren tiefblauen Augen auf mich geheftet. Es war kein Blick im
Vorbeigehen. Kein neugieriges Beschnuppern. Sie kannte
mich, sie wusste, wer ich war, und sie wollte etwas von mir.
Dumm nur, dass ich noch immer das Gefühl hatte zu weinen,
sobald ich den Mund öffnete. Meine Welt war innerhalb der
letzten Tage mehrfach zusammengebrochen, und ich hatte
keine Ahnung, wie ich mit dieser Situation umgehen sollte.
Und nun stand sie vor mir, sah mich an, ich sah sie an. Unpas-
sender Weise viel mir auf wie wunderschön sie war. Unter ihrem Beanie schauten zwei geflochtene Zöpfe hervor, sie war
kleiner als ich, schmal doch trotzdem muskulös. Ihr sommer-
sprossiges Gesicht war perfekt geformt, doch ihr anfangs nur
intensiver Blick wirkte nun bedrohlich. Es lag keinerlei
Freundlichkeit in ihrem Ausdruck.
Oh bitte nicht, nicht jemand, der darauf aus war sich zu strei-
ten. Das hielten meine Nerven heute nicht aus.
Bislang hatte ich sie nur durch den Spiegel betrachtet, doch

nun wandte ich mich ihr zu. „Wenn du einen schlechten Tag hast, tut mir das Leid für dich, aber ich bin gerade echt nicht in der Stimmung für Stress", sagte ich, doch als die Worte meinen Mund verließen, erkannte ich meine Stimme kaum wieder. Ich klang matt, als hätte jegliche Energie meinen Körper verlassen.

Ich klang, wie ich mich fühlte.

Doch entweder schien ihr dieser Fakt nicht aufzufallen, oder er war ihr egal, denn sie schaute mich weiterhin unverhohlen an, ihr Blick triefend vor Verachtung.

„Bereust du immerhin, was du getan hast? Bereust du es?", sie klang rau, als hätte auch sie geweint.

Ich war so verwirrt, dass ich für einen kurzen Moment vergas, wie mir eigentlich zumute war. „Bitte was?" stieß ich hervor. Diese Situation konnte schon nicht mehr absurder werden. Eine Wildfremde schaute mich mit einem Blick an, als habe ich ihre Katze gegessen, und fragte mich, ob ich „es", was auch immer „es" war, bereute.

Tatsächlich fiel mir momentan Vieles ein, von dem ich wünschte, dass es nie passiert wäre, doch keins dieser Dinge involvierte in irgendeiner Weise das fremde Mädchen, das hier und jetzt vor mir stand und auf eine Antwort zu warten schien.

„Bereust du immerhin, was du getan hast?", die gleiche Frage, nur war ihre Stimme dieses Mal um eine weitere Nuance kälter.

„Ganz ehrlich, ich habe gerade echt nicht den Nerv für sowas, sorry", nun klang auch ich langsam genervt.

„Ich habe nicht den blassesten Schimmer, wer du bist, und was du von mir willst, aber ich glaube du verwechselst mich"

„Du bist Josefine"

„Ja, aber was willst du von mir, und wer bist du überhaupt?"

„Tu nicht so!"

Langsam war ich wirklich kurz davor meine letzte Geduld zu

verlieren. Wer auch immer sie war, ich kannte sie nicht, ich hatte ihr nichts getan, was sollte ich ihr gegenüber also bereuen?

„Wer bist du?", meine Stimme war betont ruhig, doch meine Mühe sie so klingen zu lassen war ebenso klar vernehmbar.

„Mein Name ist Soleil"

Soleil, französisch für Sonne. Wann immer ich ihr auf den Fluren begegnet war, hätte ich sie ebenfalls als die Sonne beschrieben. Sie hatte immer glücklich gewirkt, sie hatte regelrecht gestrahlt, und man hatte sich schon warm ums Herz gefühlt, wenn sie an einem vorbeilief; wie die Sonne. Doch nun stand sie vor mir und wirkte wir „la lune", der Mond. Schön, und dunkel, und kalt. Ich glaubte ihr, dass etwas vorgefallen war, und es tat jeglicher Empathie in mir weh zu sehen, das, was auch immer es war, ihr ihren Funken gestohlen hatte, nur konnte ich ihr schlecht helfen, da ich sie weder kannte noch wusste, was ihr wiederfahren sein könnte.

„Soleil, ich weiß nicht wer du bist, und was dir angetan wurde. Was auch immer es ist, es tut mir ehrlich leid für dich, aber ich kenne dich wirklich nicht. Ich habe nicht den blassesten Schimmer, wer du bist, oder was ich mit dir zu tun haben soll. Wenn du reden magst, können wir gerne mal einen Kaffee trinken gehen, aber sonst kann ich dir wirklich nicht weiterhelfen"

Sie starrte mich an, sagte aber nichts mehr.

Normalerweise hätte ich mich nun weiter um sie gekümmert, doch mir ging es grauenhaft, mein gesamter Körper schmerzte und ich konnte kaum noch geradeaus blicken.

Also wartete ich einige Augenblicke, ob sie doch noch etwas erwidern wollte, und als sie stumm blieb, setzte ich an, mich an ihr vorbei aus der Türe, raus auf den Gang zu bewegen.

Als ich die Klinke in die Hand nahm, fühlte ich eine Hand auf meinem Arm und zog diesen blitzartig zurück, als habe ich mich verbrannt. Ich wünschte mir von ganzem Herzen, ich wäre in der Lage gewesen ruhiger zu reagieren, nicht zu wirken wie ein verschrecktes Reh, doch Körperkontakt war für mich unaushaltbar unter den aktuellen Umständen.

In Soleils Blick lag noch immer der gleiche Hass.

„Du widert mich an!" Sie pausierte kurz, schien nach Worten zu suchen, zu versuchen mich nicht zu schlagen „Jemand wie du hat es nicht verdient, frei rumzulaufen. Du gehörst eingesperrt du kranker Psycho!" Mit diesen Worten drehte sie sich um und verschwand in einer der Kabinen.

Ich blieb vollends verwirrt und in gewisser Weise verletzt auf der Stelle stehen, versuchte zu realisieren, was gerade passiert war, doch ich konnte beim besten Willen keine Erklärung für all das hier finden.

Ich schüttelte den Kopf, als könnte ich das seltsame Gefühl, welches die Interaktion mit Soleil in mir hinterlassen hatte, damit abschütteln.

Den ganzen Weg nach Hause begleitete mich der Blick, mit dem sie mich angeschaut hatte, bevor sie sich von mir abgewannt hat. Egal wie sehr ich grübelte, ich wurde nicht schlau aus dem, was eben vorgefallen war, doch meine Gedanken darauf zu richten war auf gewisse Weise therapeutisch, denn es gab mir eine kurze Pause, eine kleine Ablenkung von dem, was eigentlich gerade in meinem Leben los war.

Als ich zu Hause ankam, fasste ich mir ein Herz. Jane hatte immerhin gesagt, dass wir Freunde sein konnten, wenn unsere Beziehung nicht funktionierte. Ich vermisste sie von ganzem Herzen. Harper mochte in vielem Recht haben, was sie sagte, aber ich konnte schlicht weg nicht glauben, dass Jane mich...

Niemals, nein...

Harper hatte sich ganz sicher geirrt. Missbrauch... Das war eine ernsthafte Anschuldigung. Das würde Jane niemals tun.

Das war- *gedanklich entschuldigte ich mich bei Harper*- das war Schwachsinn.

Jane liebte mich über alles, sie war sogar in mich verliebt, Gefühle, die ich zwar nicht erwiderte, aber sie liebte mich. Jemanden den man liebt würde man niemals verletzen. Hinter diesem Statement stand ich mit meiner gesamten Existenz. Jemanden zu lieben, bedeutete, dass es einem selbst nur dann gut ging, wenn es der anderen Person gut ging. Man litt, wenn dies nicht so war.

Und Jane... Jane liebte mich.

Ergo, sie hätte mir gar nichts antun können, weil das gegen den Grundsatz von Liebe gegangen wäre.

Ich nahm mein Handy hervor und öffnete WhatsApp.

Unschlüssig starrte ich das Textfeld an. Ich wusste genau, was ich sagen wollte, nur die Worte dafür fehlten mir.

„Hey", tippte ich. Doch hier endete der Bereich meiner Kompetenz. Beim besten Willen, wie führte man eine solche Unterhaltung?

„Ich vermisse dich. Denkst du, wir können wieder befreundet sein, so wie vorher, so wie du es gesagt hast?"

Das war... direkt, doch vielleicht war das der beste Weg.

Ich drückte senden.

Es dauerte keine Minute, da hatte Jane meine Nachricht geöffnet.

Ich merkte, wie mein Puls zunahm und ich kaum in der Lage war zu atmen. Ihre Antwort würde über meine Zukunft entscheiden. Die Wahrheit war, ich hatte keine Ahnung, wer ich war ohne Jane. Sie war ein riesiger und irreversibler Anteil meines Lebens. Wenn sie auf einmal fehlte, war es, als würde man ein Bild mit Pinsel und Leinwand malen, aber ohne Farbe.

„Ich brauche dich in meinem Leben, aber du wirst für mich niemals nur eine Freundin sein"

Janes Nachricht traf mich wie ein Schlag in die Magengrube. Ich hatte keine Ahnung, was ich sagen sollte, denn auch sie war mir so unfassbar wichtig, doch liebte ich sie nicht mehr als rein platonisch. Ich zögerte, und setze an zu tippen „Denkst du, wir können es wenigstens einmal ausprobieren? Du bist mir unglaublich wichtig"

Doch noch bevor ich die Chance hatte, meine Antwort zu senden, materialisierte sich eine weitere von Janes Nachrichten auf meinem Bildschirm. Bei ihrem Anblick blieb mir die Luft weg.

„Es tut mir leid dir das zu sagen Josefine, aber ich denke ich kann ohne dich nicht leben, und ich will es auch nicht"

„Aber du musst nicht ohne mich leben. Ich werde immer für dich da sein, und ich werde dich immer lieben" Ich hatte noch nie in meinem Leben so schnell getippt. Mein Herz raste und ich fing an die Buchstaben meiner Handytastatur doppelt zu sehen. Meine gesamte Umgebung drehte sich und ich schwankte.

„Josefine, ich habe mich entschieden. Lüg nicht, denn du liebst mich nicht. Du hast mich niemals geliebt, weder romantisch noch platonisch"

Wie kam sie darauf? Was hatte ich falsch gemacht? Warum war ich keine gute Freundin gewesen? Hätte ich ihr öfter sagen sollen, dass ich sie liebte? Hätte ich sie fester umarmen sollen? Ich wünschte ich hätte sie fester umarmt, das letzte Mal, als noch alles zwischen uns in Ordnung gewesen war. Hätte das etwas verändert? Wäre sie dann glücklicher gewesen?

„Jane… das ist nicht wahr. Vielleicht habe ich dir das nicht oft genug gesagt, aber ich habe dich immer geliebt, und tue es weiterhin. Du bist die beste Freundin, die ich je hatte, und ich liebe dich, ich brauche dich!"

Die blauen Haken unten rechts bei meiner Nachricht blieben viel zu lange blau. Blau, aber unbeantwortet. Mir wurde speiübel. Hatte sie? Gerade?

Nein!

Jane

Ich lachte. Laut, ungehalten. Ich hatte sie. Josefine hatte genau die Schlüsse gezogen, von denen ich wollte, dass sie sie zog. Ich hatte ihr nur winzige Brotkrumen streuen müssen, und nun saß sie, wo ich sie haben wollte; in meiner Falle!
Natürlich wollte ich mich nicht umbringen. Wie naiv war sie denn bitte? Und wer dachte sie eigentlich wer sie war? Mich umbringen, wegen *ihr*…
Als ob sie in irgendeiner Weise widerstandsfähig wäre. Wenn ich sie haben wollte, konnte ich sie noch immer haben. Ich wollte sie noch immer. Sie war heiß, sie war nett, und sie war mir. Ich hatte sie in der Hand, und irgendwann würde sie einknicken und merken, dass sie mich auch mochte. Und dann… dann würde sie mir dankbar sein, für all das, was ich für uns getan hatte.
Ich musste dafür sorgen, dass Soleil morgen nicht zur Uni kam, sonst würde mein Plan nicht aufgehen. Doch erst musste ich Josefine so weit beruhigen, als dass sie bis morgen aushielt.
„Ich habe mich entschieden" tippte ich.
Ich sah, wie sie meine Nachricht sofort las, also ließ ich mir ein paar Sekunden Zeit, bis ich nachsetzte. „Lass uns morgen vor der Uni reden" Ich wollte, dass sie Panik hatte. Ich wollte, dass nur ich den Platz in ihren Gedanken einnahm, aber ich wollte nicht, dass sie hier aufkreuzte, oder gar einen Krankenwagen rief.
„Aber sicher doch, Jane, bitte versprich mir, dass du dir nichts antust!", hach, naive, kleine Josefine. Aber gut für mich, nett, dass sie das Thema anschnitt. „Anschnitt"… ich schmunzelte. Meine Wortwitze waren makaber, aber immerhin lustig.
„Ich kann nichts versprechen" tippte ich. „Vielleicht schaffe ich es nicht ohne die Klinge unter meiner Uhr" Senden.
Ich konnte vor meinem inneren Auge sehen, wie Josefine

kreideweiß wurde. Vielleicht lief sie sogar ins Badezimmer, um sich zu übergeben. Ich liebte meine Macht, und sie gab mir immer und immer mehr davon… freiwillig. Wie nett sie doch war.

„Aber eins sage ich dir. Wenn du heute hier aufkreuzt, oder den Krankenwagen rufst, dann bin ich schneller Tod, als du mir helfen kannst"

Blaue Häkchen. Josefines Antwort belief sich auf wenige Worte.

„Ich habe dich lieb. Du bist stark"

Wie süß… Sie dachte tatsächlich, das würde etwas ändern. Naja… der Wille zählte ja bekanntlich.

Ich schloss unseren Chat und öffnete den mit Soleil.

Wie bekam ich sie am besten dazu, mir morgen vom Hals zu bleiben? Sie war so schrecklich anhänglich, so schrecklich fürsorglich.

„Hey Schatz", schrieb ich und tat so, als müsste ich einen Würgereiz unterdrücken. Mein Schmunzeln über meine eigene Komik, hallte in meinem Körper wider.

Hey Schatz, dass sie mich überhaupt ernst nahm, wenn ich so etwas schrieb, war mir das größte Rätsel. Fast so gut wie „Hey babe" Oder „Naa Mausi". Erbärmlich! So erbärmlich, aber auch so lustig. Ich machte mir die mentale Notiz, dass, sobald ich einen solchen Ausspruch jemals ernsthaft verwendete, mir bitte jemand eine Mikrowelle gegen den Kopf werfen sollte. So etwas sagten nur Leute, die um Beziehungen betteln mussten. Leute, die niemand wollte, Leute, die nicht jeden haben konnten, so wie ich es konnte. In anderen Worten, Soleil, oder Josefine…

Halt, Stopp. Ich konnte mich jetzt nicht ablenken lassen. Ich musste für morgen alles in die Wege leiten. Ich schmunzelte. Morgen war Showdown. Morgen würde der Tag kommen, auf den ich mich schon so lange vorbereitet hatte.

„Hey Schatz. Kannst du mir morgen früh einen Gefallen tun?"

Soleil las meine Nachricht sofort. Seitdem ich ihr erzählt hatte, dass Josefine mich Missbraucht hatte, war sie immer nach spätestens einer halben Minute zur Stelle. Sie reagierte wie ein gut trainierter Hund auf eine Pfeife.

„Aber natürlich! Was gibt es Babe?"

Babe… dieses Mal lachte ich laut, laut und schrill und kehlig. Mein Punkt, was diese Worte betraf, war bewiesen.

„Ich habe morgen früh eine unglaublich wichtige Vorlesung. Aber ich muss ein Rezept bei meinem Arzt abholen. Denkst du, du könntest vielleicht…"

„Aber sicher! Sagst du mir wann und wo?"

„Da liegt ein wenig das Problem. Die Praxis ist circa eine Stunde von hier. Wenn dir das zu viel ist, dann lasse ich die Vorlesung eben ausfallen"

Ich kannte ihre Antwort bereits, noch bevor sie anfing zu tippen.

Mit meinem letzten Satz hatte ich sie.

„Gottes Willen! Wenn es wichtig ist, dann lass es nicht ausfallen. Meine Vorlesung morgen früh ist bei einem Freund meines Vaters. Das funktioniert schon. Ich fahre für dich"

Hatte ich es doch gewusst. Wie einfach mein Leben doch durch Soleils und Josefines Charakter wurde.

Ich könnte mich glücklich schätzen, wüsste ich nicht, dass ich diejenige war, die sie so geformt hatte.

Ich war ihr Gott, Ich war ihr Schöpfer. Sie waren meine Kreationen, also hatte ich auch das Recht, sie zu lenken. Sie sollten dankbar sein, dass ich es tat, denn was waren sie schon ohne mich?

Ich lächelte in mich hinein, bevor ich mich ins Bett legte und einschlief. Morgen würde episch werden.

Josefine

Ich hatte mich morgens noch nie so schnell fertig gemacht.
Nun ja, ich hatte auch nicht die Chance gehabt, noch verschlafen zu sein, denn das implizierte, dass ich geschlafen hätte.
Mittlerweile hatte ich mir beigebracht, wie ich blind duschen konnte. Es lief wie ein automatisierter Prozess. Wenn ich das Problem nicht identifizieren und damit lösen konnte, musste ich mich anpassen.
Nur diese Bauchschmerzen waren kurz davor, mir meinen letzten Nerv zu stehlen.
Ich konnte sie nicht eindämmen, weder mit Medikamenten noch sonst wie. Nichts schien zu wirken, was es mir wirklich erschwerte, mich an sie anzupassen.
Als ich nun den Campus betrat, sah ich es schon von Weitem.
Ich sah nicht was, ich sah nicht wer, aber ich sah, dass sich etwas vor dem Hauptgebäude abzuspielen schien.
Eine beträchtliche Menschentraube hatte sich an der Treppe vor dem Haupteingang gebildet. Als ich näherkam, sah ich, dass alle nach oben zu starren schienen, gefesselt von dem, was sich dort abspielte. Ich folgte langsam ihren Blicken, und mein Herz setzte für einige Sekunden aus. Mir wurde schlecht, und meine sowieso schon ungesunde Gesichtsfarbe, die durch die Müdigkeit und den Stress der letzten Tage geprägt war, verblasste um eine weitere Nuance.
Auf dem Dach, gefährlich nahe der Kante stand Jane.
Ich hörte auf zu denken, und fing an zu Handeln. Ich lief um die Menge herum, am Gebäude vorbei, bis ich am Seiteneingang innehielt. Ich riss die Türe auf und rannte die Feuertreppen nach oben in Richtung des Dachs. Meine Seite stach, mein Bauch schmerzte, ich sah doppelt, was wohl daran lag, wie wenig ich gegessen und geschlafen hatte.
Aber all dies war nun egal. Das Einzige, was zählte war Jane.
Jane. Jane. Jane!

Noch zwei Stockwerke. Eins. Dort war das Dach. Noch ein paar Stufen. Gleich hatte ich sie. Ich konnte sie retten. Ich würde sie retten. Ich würde sie von der Kante wegreißen. Sie würde sich nicht dort runter stürzen. Ich würde es verhindern. Ich würde sie retten. Ich wollte sie retten. Ich musste sie rette.

Wenn sie heute starb, dann war ich schuld. Ich und meine dämlichen Gefühle. Vielleicht liebte ich sie ja doch. Vielleicht hatte ich es bis jetzt nur nicht gemerkt. Vielleicht war ich zu blind gewesen, zu dumm gewesen, zu sehen, dass Jane recht hatte, dass wir zusammengehörten.

Und jetzt war ihr Leben in Gefahr. Meinetwegen, meinetwegen, Meinetwegen! Dieses Wort fraß sich in meine Gedanken, während ich im Sprinttempo das Dach überquerte. Es war meine Schuld. Meine Schuld, meine Schuld, meinetwegen! Noch drei Meter bis zur Jane. Sie schien mich nun zu hören, drehte sich zu mir um und lächelte breit. Sie machte einen weiteren Schritt in Richtung Abgrund. Oh Gott! Abgrund. Ich hätte mich auf der Stelle übergeben können. Abgrund! Ich musste es verhindern. Was machte ich hier? Ich war zu langsam. Ich war nicht schnell genug. Nicht genug. Ich liebte sie nicht genug, ich war nicht schnell genug, meine Schuld.

Ich war bei ihr angekommen. Ich schloss sie in beide meiner Arme und ließ mich mit voller Wucht nach hinten fallen.

Der Aufprall auf dem Dach war hart. Ihr Ellenbogen stieß sich in meine Magengrube, und ihr Gewicht machte das Kollidieren mit der Dachpappe noch weitaus schmerzhafter. Ich rollte mich ab, lag auf Ihr darauf, fixierte sie mit meinem Körper, so dass sie nicht aufstehen konnte, nicht zur Kante konnte, nicht zur Dachkante, nicht zu diesem verdammten Abgrund.

Erst jetzt, als ich Jane unter mich zappeln hörte, realisierte ich, dass wir uns berührten. Es ging nicht anders. Irgendwie musste ich sie ja retten. Ich merkte das enge Gefühl in meinem

Hals zu spät, um es noch zu unterdrücken. Janes Körper so nah an meinem gab mir den Rest. Die schwarzen Punkte vor meinen Augen waren nicht mehr nur Punkte sie waren erst Flecken, und dann Kleckse, und dann nahmen sie nahezu meine gesamte Bildfläche ein.

Ich hörte, wie sich schritte näherten. Laute Schritte. Und Schreie. Ich hörte geschriene Laute, konnte aber in meinem Dämmerzustand die gesprochenen Worte nicht ausmachen. Ich fühlte ein paar Hände, die meine Taille ergriffen, sie schubsten mich weg, sie schoben mich weg von Jane.

„Nein", schrie ich, übermannt von einer unfassbaren Panik. „Sie will springen. Ich muss sie retten"

Wieder Schreie, wieder verstand ich nicht, was gesagt wurde. Nur laute Schreie und Dunkelheit, die in meinem Kopf widerhallten.

„Nein" schrie ich wieder. Dann „Jane".

„Nein, nein, Nein!", ein Wimmern verließ meinen Mund, doch es hörte sich nicht an, als würde ich dort sprechen, es war nicht ich, es war nicht meine Stimme. Ich wollte nicht sprechen, ich wollte nicht wimmern. Ich musste stark sein, ich musste Jane retten.

Ich fühlte wieder die Hand. Ich fühlte sie unter meinen Armen, wie sie mich auf die Beine zog. Wieder diese Stimme. Die neue Stimme, die gerade eben zu uns gestoßen war. Wieder sagte sie etwas, und sie kam mir bekannt vor. Irgendwoher? Woher? Woher? Woher?

Wer war sie? Es war wichtig. Würde sie Jane helfen? Oder würde sie am Ende das Disasta heraufbeschwören? Würde sie Jane springen lassen.

Ich fühlte Schmerz. Ich wusste nicht wo. Wo fühlte ich Schmerz. Ich musste ihn lokalisieren. War ich nun vom Dach gefallen? Nein! Ich fühlte noch immer den Boden unter meinen Füßen. Wieder das Schreien, wieder die Stimme, wieder diese Stimme? Woher? Wer?

Der Schmerz! Meine Wange. Meine Wange schmerzte. Wer auch immer die Stimme war, sie hatte mir eine Ohrfeige verpasst.

Auf einmal wurde alles deutlicher. Ich sah noch immer nichts, doch nun konnte ich klar vernehmen, was die Stimme sagte. Soleils Stimme. „Deine Schuld!"
Oder war das meine Stimme. Meine inner Stimme. Sie hatte ja recht. Ich war schuld. Ich hatte Jane gekorbt. Ich war unsensibel gewesen. Ich hatte sie nicht verdient. Ich liebte sie und ich hatte es verdorben. Ich hatte mich nicht an meinen eigenen Grundsatz gehalten.
„Du hast sie vergewaltigt?"
Äh- was? Ich war so von den Socken gehauen, dass ich innehielt. Meine Sicht wurde wieder klarer, und vor meinen Augen materialisierte sich tatsächlich Soleils Gesicht. Vor Wut verzogen.
„Du widerliches Arschloch!" Sie machte einen weiteren Schritt auf mich zu. Ich konnte ihren Atem in meinem Gesicht spüren.
„Du hast meine Freundin vergewaltigt. Deinetwegen will sie sich jetzt umbringen. Du bist so ekelhaft. Immer muss es nur um dich gehen. Du Narzisstin. Und jetzt tust du so, als wolltest du sie retten. Du hast sie zerstört. Sie ist dir egal. Du ekelhaftes Miststück!"
Mit diesen Worten drehte sie sich um, und sprach mit den Rettungskräften. Rettungskräfte? Rettungskräfte!
Wann waren die denn hier eingetroffen? Seit wann waren hier Rettungskräfte? Gut, gut, Sehr gut! Hier waren Rettungskräfte, Jane brauchte Rettungskräfte. Sie würden Jane helfen. Jane würde ins Krankenhaus kommen. Im Krankenhaus würden sie Jane helfen. Aber was hatte das mit dieser Soleil zu bedeuten? Sie war mir ein Rätsel? Erst diese Situation auf der Unitoilette, und nun war sie auch hier?

Und Freundin? Sie nannte Jane ihre Freundin? Sie war verrückt geworden, übergeschnappt, außer sich. Jane liebte mich, das war nach diesem Disasta wohl eindeutig klar. Also was hatte Freundin zu bedeuten? Und was bildete sich dieses Mädchen ein? Ich sollte Jane vergewaltigt haben? Niemals. Niemals. N.i.e.m.a.l.s!

Ich würde niemals etwas tun, was Jane verletzen könnte.

Doch, dass hatte ich. Aber ich würde es niemals extra tun. Ich würde sie niemals anfassen, wenn sie nein-

...nein gesagt hatte. Ich würde Jane niemals küssen, wenn sie nein gesagt-

Ich merkte erst, dass ich angefangen hatte mich zu bewegen, als ich das Dach bereits verlassen, und die Treppen nahezu beendet hatte.

Ich würde nie- Nein!

Nein-Jane; Nein.

Aber sie... ich.

Ich hatte nein gesagt. Nein-

Jane hatte mich geküsst. Sie hatte mich-

Mein Körper- aber ich hatte nein gesagt.

Nein sagen- aber trotzdem waren da ihre Hände-

Ihre Hände auf meinem Körper. Nein. Nein! Nein-

Hatte Harper? Nein Harper konnte nicht recht-

Harper hatte nicht recht.

Ich fing an zu rennen. Ich rannte durch den Park meiner Uni. Meine Füße schlugen von allein meinen Weg in Richtung des städtischen Krankenhauses ein.

Ich musste reden. Reden mit Jane.

Ich musste sie fragen. Sie würde es wissen. Ich wusste es nicht. Hatte sie mich? Hatte sie mich sexuell missbraucht. Hatte sie gehört, dass ich nein gesagt hatte. Aber ich hatte es mehrfach gesagt. Vielleicht bedeuteten zwei Mal Nein Ja. Vielleicht war ich nicht klar genug gewesen. Vielleicht hatte ich irgendeinen sozialen Zusammenhang nicht verstanden. Ich war es schuld, ganz sicher. Jane hatte nichts Böses gemacht. Wie hatte ich auch nur für eine Sekunde einen solchen Gedanken haben können?!

Jane ging es schlecht, nicht mir.

Jane wollte sich umbringen, nicht ich.

Jane litt unter der Situation, nicht ich.

Ich war das Problem, nicht Jane.

Meine arme Jane. Meine Gedanken waren ein Verbrechen. Ich gehörte bestraft. Ich gehörte eingesperrt.

Wie konnte ich Jane nur eine solche Gräueltat unterstellen? Wie konnte ich nur. Ich schlechter, schlechter, schlechter Mensch.

Ich verdiente sie nicht. Ich verdiente ihre Liebe nicht. Warum liebte sie mich überhaupt? Was sah sie in mir? Und warum war ich so arrogant sie nicht zurückzulieben.

Ich war ein selbstsüchtiger Krüppel, und wenn sie sich schon zu mir herabließ, was dachte ich mir dann sie nicht zu wollen. Sie war so viel besser als ich. Sie würde mir niemals etwas solches unterstellen, nicht einmal gedanklich. Und dann kam ich daher. Widerlich. Ekelhaft. Abstoßend.

Ich hatte Jane nicht verdient, nur konnte die Arme das ja nicht wissen. Sie konnte nicht in meinen Kopf schauen. Sie sah nicht, wie respektlos meine Gedanken ihr gegenüber waren, was mein Kopf ihr unterstellte. Denn nichts weiter war es- Eine Unterstellung. Eine falsche, heuchlerische, aufmerksamkeitserhaschende Unterstellung.

Ich grauenvoller, widerlicher Mensch. Soleil hatte Recht gehabt. Aber mit allem? Hatte sie am Ende mit allem Recht gehabt?

Hatte ich Jane vergewaltigt? Hatte sie unseren Kuss nicht gewollt.

Aber sie hatte doch- Sie war doch diejenige gewesen, die- Stopp! Halt, das war Victim blaming? Wer war ich zu entscheiden, ob sie es gewollt hatte. Fakt war, dass ich ihre

Gefühle nicht erwiderte. Hatte sie jemanden küssen wollen, den sie nicht liebte? Hatte ich sie missbraucht, weil sie mich geküsst hatte, ohne dass ich sie liebte? Hatte sie mich geküsst-Ich sie? Machte das überhaupt einen Unterschied?
Tat es das? Gab es Unterschiede? Abstufungen? War ich weniger Monster, wenn sie mich küsste, als wenn ich es mit ihr tat? Hatte ich nein gesagt? Oder war es am Ende sie gewesen. Ich stand vor der Forte des Krankenhauses. Ich stand dort. Es Stand vor mir. Schaute bedrohlich auf mich herab, und seine kalte graue Betonfassade schrie „Vergewaltigerin"
Ich hatte Angst einzutreten. Noch immer war mir speiübel, aber ich musste es wissen. Ich musste es von ihr hören. Ich musste aus ihrem Mund hören, was ich ihr angetan hatte. Ich musste hören, was ich für ein Monster war, was für ein grauenvoller Mensch.
Ich stand vor der Tür von dem Zimmer, dass der freundliche Krankenpfleger mir, als das von Jane ausgewiesen hatte, doch hatte ich Angst einzutreten. Was war, wenn mich in dem Zimmer nicht nur Jane erwartete, sondern auch Soleil?
Was war, wenn mich in diesem Zimmer keine lebendige Jane erwartete, sondern eine, die sich an der Schnur ihres Tropfers erhängt hatte?
Was war, wenn-
Ich musste mit diesem ewigen Gedankenspiel gefälligst aufhören, wenn ich dieses Zimmer heute noch betreten wollte.
Es stand schon lange fest, was passieren würde, sobald ich in diesen Raum trat. Die Szene war gefestigt. Einzig ich wusste nicht, in was ich hineinplatzen würde.
Ich hob meine Hand und klopfte zaghaft an der Zimmertüre.
War das nur ich, oder fing sich auf einmal der Flur um mich herum an zu drehen?
Mir war schwindelig, aber ich hatte geklopft.
Ich hatte geklopft, jetzt musste ich eintreten. Ich atmete tief ein und aus, dann drückte ich die Klinke nach unten.

Als ich eintrat, sah ich zu meiner Erleichterung ein Einzelzimmer ohne Besucher vor mir, zu meinem Grauen lag im Bett Jane. Mir war bewusst gewesen, dass immerhin zweites so sein würde, aber der Anblick verstörte mich auf eine ganz neue Art und Weise.

„Hey", ich klang erstickt, meine Stimme zitterte.

Zu meiner Verwunderung, zeichnete sich ein breites, nahezu verrückt wirkendes Grinsen auf Janes Gesicht ab, sobald ich den Raum betrat.

Von der Person, die so krank war, als dass sie sich eben noch hatte vom Dach stürzen wollen, war nicht mehr wirklich viel zu erkennen.

Oder täuschte ich mich? War das nur Fassade? Psychische Krankheiten sah man Menschen nicht zwingend an… Aber ich kannte Jane in und auswendig. Ich sah die kleinsten Details in ihrer Mimik und Gestik, und ich konnte sie meist richtig interpretieren.

Jane sah gerade nicht im Geringsten unglücklich aus. Da war nicht diese winzige Falte an ihrer linken Augenbraue, wie an dem Tag, an dem ihre Katze gestorben war. Da war nicht diese Leere in ihren Augen, wie an dem Tag, an dem ihr letzter Ex-Freund sie verlassen hatte. Sie war nicht am Boden zerstört. Sie war nicht einmal traurig. Im Gegenteil.

Egal, wie sehr sie versuchte es zu verstecken, ich sah es an ihrem rechten Mundwinkel. Dort hatte sich ein minimales Grübchen gebildet. Sie triumphierte. Aus irgendeinem mir unverständlichen Grund triumphierte sie.

Aber das konnte nicht sein- Wieso sollte sie in dieser Situation-?

„Ich wusste, dass du kommst, deshalb habe ich Soleil auch einen Kaffee holen geschickt", der Ausdruck in Janes Gesicht blieb unverändert, und machte mir beinahe ein wenig Angst. Dies musste Teil einer Krankheit sein. Ich erinnerte mich neulich gelesen zu haben, dass manche Leute, kurz vor oder nach

ihrem Suizidversuch in eine manische Glücklichkeitsepisode
fallen konnten. War dies eine solche? Wussten die Ärzte darüber Bescheid? Ich musste einen Arzt-

„Wir brauchen keinen Arzt, mir geht es prima, wenn ich ganz
ehrlich sein soll"

Es war, als hätte sie meine Gedanken erraten. Wir brauchten
definitiv einen Arzt. Schnell-

„Setz dich Josefine", nun klang sie herrisch. Alles freundliche
war aus ihrer Stimme verloren gegangen.

„Bist du… sicher?", ich war unsicher. Machte ich etwas falsch,
wenn ich auf sie hörte. Ich wollte die Situation auf keinen Fall
verschlimmern. Ich durfte es auf keinen Fall verschlimmern.
Würde meine Anwesenheit die Situation verschlimmern?

„Setz dich. Jetzt!", Jane machte mir Angst.

Ich zog mir einen Stuhl an ihr Bett und nahm zögernd Platz.

„Geht doch", ich fühlte mich, als sei ich wieder zurück in der
Schule und im Büro der Rektorin.

„Ich kann mir vorstellen, dass du einige Fragen hast, Liebes",
nun triefte ihre Stimme vor falscher Freundlichkeit. Das erste
Mal hatte ich das Gefühl, das Jane vielleicht nicht so transpa-
rent war, wie sie vorgab zu sein. Was führte sie im Schilde?
War sie gerade eiskalt berechnend? Oder tat sie nur so und
war in Wirklichkeit manisch-depressiv und in direkter Le-
bensgefahr? Arzt-

„Bleib sitzen!", wieder kälte, wieder dieser Befehlston.

„Es wirkt ja fast so, als würdest du mich nicht mögen Josefine.
Nein, nein, das kann nicht sein. Du magst mich, du liebst
mich, du weißt es nur noch nicht. Du bist abhängig von mir.
So verdammt abhängig. Ich bin deine Droge, deine geile
Droge. Du brauchst mich. Und du, du bist der armselige Cra-
ckie. Ohne mich bist du nichts!", ihr auflachen war schrill, und
ließ mich zusammenfahren. War da ein Geräusch and der
Türe gewesen? Egal.

Ich hatte mich entschieden. Jane war manisch. Ich konnte das

hier nicht ernst nehmen. Ich *durfte* das hier nicht ernst nehmen. Ich durfte mich hiervon nicht verletzen lassen. Sie
wusste nicht, was sie sagte.

Sie ließ mich nicht aufstehen. Sie würde mich nicht aufstehen
lassen, aber vielleicht schaffte ich es unauffällig den roten
Knopf zu drücken.

„Denk nicht einmal daran!", Jane war meinem Blick gefolgt,
und schaute mich nun erwartungsvoll an.

„H-Habe ich dich… Habe ich dich… So wie Soleil…Habe ich
dich…Miss-Missbraucht?"

Wieder dieses Lachen von Janes Seite aus.

„Schade, dass Soleil nicht Teil meines Plans war. Hätte ich sie
angeheuert, hätte ich mir die Lorbeeren hierfür zuschreiben
können. Hach… wie sagt man so schön „Nobody is perfect",
nicht wahr?"

Es lief mir eiskalt den Rücken hinunter. Jane war anscheinend
vollständig übergeschnappt. Was für ein Plan war das, von
dem sie sprach. Gab es einen Plan? Hatte ich etwas verpasst?

„Hach Lil, Atme durch, entspann dich. Du hast mich nicht
missbraucht. Dazu wärst du schlicht weg nicht in der Lage. Es
Dafür wärst du zu schwach, selbst wenn du es wolltest. Es
war doch immer so, ich bin die starke von uns. Ich bin die, die
sich holt, was sie will. Wenn hier jemand jemanden missbraucht hat, dann war das ich"

Mir stand der Mund offen. Alles in mir wollte ihr glauben, der
Rest wollte es nicht. Ihr zu glauben hieß, mich von meiner po-
tenziellen Schuld zu befreien. Es nicht zu tun, war das einzig
richtige. Sie war nicht bei klarem Verstand.

„Josefine, du kannst mir ruhig glauben. Ich bin klarer, als du
denkst. Mir geht es nicht schlecht, mir ging es nie schlecht.
Diese Situation hier ist nur ein Teil eines großen Spiels. Und
dieses Spiel ist das Leben. Und ich habe die Fäden in der
Hand, ich habe alles geplant. Ich bin Gott. Ich bin fucking
Gott!"

Mir stand der Mund offen. Meine blanke Angst war mir ins Gesicht geschrieben. Jane schien jeglichen Bezug zur Realität zu verlieren.

„Was meinst du mit Plan?", in jeder Silbe meiner Frage war meine Unsicherheit deutlich zu erkennen.

„Weil du anders zu erbärmlich, zu dumm bist, es zu verstehen, erkläre ich es dir. Bedank dich, los Fußvolk, bedank dich!"

Ich zögerte. Sollte ich mitspielen, oder bestätigte ich sie damit nur noch weiter in ihren Illusionen. Schadete ich ihr mehr? Oder half ich ihr?

Ich entschied mich für zweiteres. Was sollte ich auch sonst tun. Ich war keine medizinische Fachkraft. Ich war für so etwas nicht ausgebildet. Ich studierte im ersten Semester Psychologie auf Lehramt. Nach den Basics war bei mir Schluss, und nicht einmal die hatte ich vollständig.

„Danke, vielen Dank Jane"

Sie schien zufrieden. „Geht doch. Nun gut…" sie nickte genugtuend.

„Als ich dich kennengelernt habe, habe ich mich in dich verliebt. Das hat mich vor zwei Probleme gestellt. Erstens, dass du nicht so fühlst, zweitens" Ihr Gesicht nahm einen leicht angewiderten Ausdruck an „Soleil. Mein zweites Problem war meine nervige Freundin Soleil, die ich bei Gott nicht loswerden kann, wenn ich meinen Abschluss will, denn- dramatic irony, ihr Vater ist mein Prof im Hauptfach"

Ich war zu geschockt, um etwas zu erwidern. Ein Teil von mir glaubte noch immer, dass Jane langsam verrückt wurde, doch ein immer größer werdender Teil zweifelte ihren psychischen Zustand auf eine andere Weise an. Sie erinnerte mich in manchen ihrer Eigenschaften an eine Person mit narzisstischer Persönlichkeitsstörung, wenn nicht sogar an eine Soziopathin.

„Jedenfalls", sie klang, als würde sie mir ganz normal von ihrem Tag erzählen, und nicht von irgendeiner Art sadistischer

Pläne, die mich und ihre Freundin (?!) beinhalteten.

„Ich hatte schnell raus, dass sowohl du als auch Soleil eine gemeinsame Schwäche habt. Ihr seid schwach, sobald ihr liebt. Und Gott, ihr seid leicht zu manipulieren. Manchmal hätte ich mir gewünscht, dass ihr es mir ein wenig schwerer gemacht hättet." Wieder lachte sie leicht auf, schmunzele in sich hinein. Sie nahm ein wenig die Form eines Bösewichts an, der in der dramatischen Endszene dem Helden all seine perfiden Pläne unterbreitete…

Auf eine seltsame Art und Weise entsprach dies sogar der Realität.

„Ich habe Soleil erzählt, dass du mich missbraucht hättest, einfach, damit sie mich nicht mehr anfasst. Ein Problem weniger. Nur leider ist sie dadurch nur noch anhänglicher geworden, und wollte mir *helfen*. Schrecklich sowas, nicht wahr?" Mir stand der Mund offen.

„Naja, und bei dir konnte ich mir nehmen, was ich wollte. Hach, was ich wollte, ist gut. Was mir zustand. Ich habe mich schließlich zu dir herabgelassen, da war es nur fair, dass ich dich immerhin küssen darf. Es ist mir scheißegal, was du dazu denkst, um ehrlich zu sein. Du wirst mich sowieso nicht verlassen. Du bist nichts ohne mich. Du hast nichts ohne mich. Ich finde es immer noch bemerkenswert, dass dir nicht aufgefallen ist, wie du immer weniger Kontakt zu allen anderen hattest, und irgendwann nur noch ich da war. Und jetzt will dich niemand mehr außer mir. Du brauchst mich. Ohne mich bist du tot!"

Ich merkte, wie tränen anfingen, sich in meinen Augen zu formen. Ich realisierte noch nicht, was Jane mir gerade erklärt hatte, mein Körper jedoch schon. Eine einsame winzige Träne kullerte aus meinem Auge und landete in meinem Schoß, verfärbte den Stoff meiner Jeans an der Stelle, an der sie auftraf.

„Warum?", meine Frage war kaum ein Wort, mehr ein Hauch. Jane verstand es trotzdem.

Ihre Antwort war kurz und kalt „Weil ich es kann Josefine, weil ich es kann"

Ich hatte vor der Tür gestanden. Ich hatte mich erst an der Wand festgehalten, irgendwann hatte ich mich an ihr festgeklammert.

Meine gesamte Welt war zusammengebrochen. Nichts war echt gewesen. Jane hatte mich nicht geliebt. Ich war für Jane nur eine Last gewesen, im besten Falle vielleicht noch ein Mittel zum Zweck. Ich hatte verstanden, warum sie mich heute ein Rezept für sie abholen geschickt hatte. Sie hatte mich von der Situation weghalten wollen. Der Teil in mir, der sie liebte, wollte schreien, dass sie mich beschützen wollte, doch ich wusste, dass das nicht der Fall war.

Dankbarerweise hatte Kathrin mich angerufen, und dankbarerweise war ich in der Nähe gewesen.

Aber war es wirklich „dankbarerweise"?

Der Teil, der glauben wollte, dass Jane mich liebte, wollte ebenso lieber unwissend sein. Ich wollte nicht hören, was ich eigentlich für sie war.

Und dann war da noch mein Gewissen.

Arme Josefine. Sie war das Opfer gewesen, Janes Opfer, und ich hatte ihr Leben noch schwerer gemacht.

Ich erinnerte mich an die Situation in der Unitoilette. Sie hatte gewirkt, als habe sie geweint. Und trotzdem war sie freundlich zu mir gewesen. Sie hatte mir sogar ihre Hilfe angeboten. Sie war diejenige die Hilfe gebraucht hätte und ich… ich hatte nichts verstanden, hatte mich von Jane so weit manipulieren lassen, als das ich mein eigenes Urteilsvermögen verloren hatte.

Und nun war es an mir zu handeln. Ich entschied mich Haltung zu bewahren. Ich tat das, was ich am besten konnte, und ich setzte meine Maske auf. Ich war zutiefst verletzt, doch von meinem Gesicht ließ sich jetzt, wenn überhaupt noch Wut ablesen. Ich öffnete die Zimmertüre und trat ein.

Ohne ein Wort zu sagen, griff ich mit der einen Hand nach meiner Tasche, mit der anderen ergriff ich Josefines und zog sie mit mir aus dem Raum.

Ich hörte ein leises „Fuck", doch ich wusste, dass Jane sich nicht darüber ärgerte, dass sie mich verloren hatte. Es war der Fakt, dass ihr Plan schief gegangen war, der sie störte.

Auf dem Flur sah ich Josefine das erste Mal wirklich an, seitdem ich sie kannte. Es ging nicht anders, ich sah, was Jane in ihr sah. Sie war wunderschön. Ihr Gesicht war nahezu symmetrisch, nur ihre Linke Augenbraue sah so aus, als würde sie sie leicht heben. Ihre Wangenknochen waren betont und auch ihre Kieferline war definiert, jedoch nicht so stark, als dass es scharf wirkte. Alles an ihr war weich, zart... sie hatte etwas von einem zerbrechlichen Engel.

Als ich aus der Nähe in ihre feuchten Augen blickte, sah ich, dass grün aus ihnen hervorschimmerte. Die Farbe ihrer Iris war wie dunkler Bernstein mit lebendigen grünen schlieren. Sie war bezaubernd.

Warte- das war nicht das, worum es hier gerade ging. Ich war unhöflich. Ich hatte sie schon viel zu lange einfach so angestarrt.

„Du bist nicht sauer, Soleil!", ihre Stimme klang zaghaft, verletzlich. „Vor mir kannst du deine Fassade fallen lassen. Ich tue dir nichts"

Verdammt! Ihre Menschenkenntnis war gut. Wie machte sie das?

Meine Gesichtszüge wurden weicher, und ich ließ es zu, dass sich auch meine Augen mit tränen füllten.

Ich hörte, wie Josefine tief durchatmete. Was sie als nächstes tat, musste sie eine ungeheuerliche Kraft kosten. Sie öffnete ihre Arme kam näher, und schloss mich in eine Umarmung ein. Ich konnte fühlen, wie auch sie zitterte, aber sie hatte beschlossen für mich da zu sein.

Ich wusste nicht so recht, was ich davon halten sollte.

Eigentlich sollte ich diejenige sein, die sich um sie kümmerte, doch anscheinend, schien es auch Josefine so besser zu gehen. Ich spürte ihren warmen Atem an meinem Ohr. Sie war ein wenig größer als ich. Ich spürte, wie ihre Finger langsam über meinen Rücken fuhren.

„Alles wird gut. Wir kriegen das schon wieder hin" Ihre Worte verliehen mir einen seltsamen Trost. Vielleicht lag es an dem Unterton ihrer Stimme. Das war mir bei unserem ersten Treffen bereits aufgefallen. Da war etwas in der Art wie sie sprach, wie sie klang, dass einen unglaublich beruhigenden Einfluss hatte.

Jane hatte falsch gelegen.

Josefine war nicht die Abhängige. Sie war die Droge. Sie war alles, was man brauchte. Sie war selbst dann stark, wenn es ihr schlecht ging. Sie half selbst dann, wenn sie selbst Hilfe brauchte. Und das war keine Hilfe, das war liebe. Josefines Art, jedem Menschen Liebe zu schenken war beneidenswert, und ich konnte es kaum erwarten, mehr ihrer wundervollen Seiten kennenzulernen.

Josefine

Immerhin war jetzt geklärt, warum meine Psyche so arge Probleme gehabt hatte, seit der Situation mit Jane. Gott, ich musste aufhören, es „Situation" zu nennen. Es war, was es war. Harper hatte einmal mehr recht behalten. Jane hatte mich missbraucht. Sexuell und emotional. Das auch nur zu denken fühlte sich an, wie eins von Orwells Gedankenverbrechen, doch das lag daran, dass mein Gehirn Jane angehend manipuliert war. Ich musste mich damit abfinden, ich musste es akzeptieren, um es irgendwann hinter mir lassen zu können.
Auch klar, war nun, warum ich in letzter Zeit so empfindlich auf Körperkontakt reagiert hatte. Ich hatte es nie sonderlich gemocht, doch obwohl ich mich leicht unwohl bei Berührungen mit anderen Gefühlt hatte, war es mir eigentlich tendenziell egal gewesen. Nie ein großes Problem.
Doch, gerade, hier auf diesem Krankenhausflur, als ich Soleil in meinen Armen hielt, fühlte ich mich deutlich weniger gehemmt.
Irgendetwas an ihr war anders, doch ich konnte noch nicht genau sagen was. Sie hatte etwas an sich, was sie besonders machte, was sie außergewöhnlich machte. Etwas… ja, beinahe liebenswertes.
Und eben dieses… etwas, veranlasste mich, die Worte auszusprechen, die nun aus meinem Mund kamen. Eigentlich war ich müde. Ich war verwirrt, und ich wollte nichts lieber, als allein zu sein. Ich brauchte Zeit, um zu verstehen, was sich heute alles abgespielt hatte. Und doch wollte ich nicht weg sein von ihr, wollte noch ein bisschen bei ihr sein. Ihr Geruch hatte etwas Beruhigendes, auf eine Art und Weise, die sich nicht mit Worten erklären ließ.
„Das Angebot mit dem Kaffee steht noch", wisperte ich an ihrem Ohr, darauf bedacht, nicht zu laut zu sprechen, sie nicht zu erschrecken, sie zu schützen.

Ich wollte allein sein, deshalb verstand ich nicht, wieso auf einmal die Worte „Liebend gern" aus meinem Mund kamen. Da war etwas an Josefine, was besonders war. Ich fühlte mich nicht nach Gesellschaft, dennoch wollte ich nicht ohne sie sein. Es war nicht das Gefühl von falscher Höflichkeit, oder von Verpflichtung, dass mich dazu bewegte, ihre Einladung anzunehmen. Viel mehr war es die Art wie sie fragte. Ihre Stimme, der leichte Duft nach Rose, der von ihrem Nacken ausging, die Art, auf die sie mich festhielt. Der Fakt, dass sie mich festhielt. Ich erinnerte mich an das letzte Mal, als wir uns berührt hatten. Als ich nicht gewusst hatte- wie sie sie damals reagiert hatte. Nun hielt sie mich an sich gedrückt, gab mir Sicherheit, weil sie spürte, dass ich im Begriff war sämtlichen Boden unter meinen Füßen zu verlieren.

Es war der Fakt, dass sie selbst gerade so unglaublich leiden musste, und trotzdem für mich da sein wollte, der mich dazu veranlasste, nicht von ihr weg zu wollen.

Eigentlich dürfte ich ihr nicht vertrauen. Nicht nach allem, was ich heute gelernt hatte, doch sie war anders. Sie war ein Gefühl, dass ich nicht in der Lage war in Worte zu fassen. Sie wirkte rein, und von Grund auf gut. Sie war ein Gefühl, welches ich, wenn ich ganz ehrlich zu mir selbst war, mit Jane nie verspürt hatte. Sie hatte etwas an sich, das schrie, „ich werde dich nicht verletzen", und das war es, was mich so zu ihr hinzog.

Ich kannte sonst niemanden, der dieses Gefühl so rein verströmte. Ich kannte viele gute und liebenswürdige Menschen, viele, die mir dieses Gefühl in Teilen gegeben hatte, aber Josefine, ich ertappte mich dabei, sie in Gedanken Finchen zu nennen, war die Verkörperung dieses Gefühls.

Wie es zu erwarten gewesen war, war das Kaffee trinken mit ihr eine gute Idee gewesen. Nach einer Weile schafften wir es sogar, das Thema zu etwas Normalen zu wenden. An einem gewissen Punkt drehte sich nicht mehr alles, was wir sagten um Jane. Sie war die Ablenkung, die ich gerade so dringend brauchte, doch war sie bei aller Liebe nicht nur das. Sie war so viel mehr, und je länger ich ihr beim Reden zuhörte, desto sicherer wurde ich mir, dass ich sie mochte. Zu meiner eigenen Überraschung stellte ich fest, dass ich lange nicht mehr so für Jane empfunden hatte. Ich war noch immer verletzt, doch bei Josefine zu sein, ihre Nähe zu spüren, gab mir ein Gefühl, welches ich lange nicht mehr empfunden hatte.

Es war das Gefühl, wirklich gewollt zu sein. Gewollt zu sein, für mich, für die Art wie ich war, für die Art wie ich dachte, und sprach und existierte. Josefine hatte eine Art an sich, die einen besonders fühlen ließ. In ihrer Gegenwart fühlte man sich wohl, man fühlte sich validiert. Und sie schaffte es auf irgendeine Weise, sich für alles zu begeistern. Sie schaffte es, dass man sich bewundert fühlte, ohne dass sie sich selbst in eine tiefere Position setzte. Ich mochte die Person, die ich war, wenn ich in ihrer Gegenwart war. Es war letztendlich dieses Gefühl, das mich dazu bewegte, ihr die Frage zu stellen; „Ich weiß, das muss jetzt unfassbar unangebracht klingen, und ich kann verstehen, wenn du nein sagst, aber ich kann einfach nicht nicht fragen. Ich mag die Person, die du bist, und ich mag mich, wenn ich bei dir bin. Ich fühle mich gesehen. Ich habe das Gefühl du bist etwas ganz Besonderes, von daher… würdest du auf ein Date mit mir gehen?"

Ich hatte den Eindruck, dass das Lächeln, welches um ihre Lippen spielte, noch ein Stückchen breiter wurde. „Du magst dich, weil du wundervoll bist, und ich würde liebend gerne auf ein Date mit dir gehen"

Als sie diese Worte sagte, hatte ich das Gefühl, dass von jetzt an, alles irgendwie besser werden würde. Vielleicht war es sie, vielleicht war es ich selbst, aber ich war auf einmal von einem unglaublichen Optimismus ausgefüllt.

Josefine

Es klingelte an der Tür und mein Herz fing an, mir bis zum Hals zu klopfen. Ich hatte Angst etwas falsch zu machen. Eigentlich wusste ich, dass ich nichts zu befürchten hatte. Soleil war respektvoll, und sie mochte mich. Sie war charmant, und nicht die Art von Person, die über andere Menschen urteilte. Ich konnte mich entspannen, immerhin sagte das die rationale Hälfte meiner selbst. Dennoch war ich hibbelig und meine Hände zitterten. Ich war unglaublich aufgeregt, doch auf eine positive Weise. Es lag mir sehr am Herzen, dass dieses Date mit Soleil gut lief, denn ich mochte sie wirklich gerne. Ich wäre sogar so weit gegangen zu sagen, dass ich mich bereits ein wenig in sie und ihre Art verliebt hatte. Eine Schwärmerei für sie konnte ich jedenfalls nicht abstreiten, aber das musste ich auch gar nicht. Sie und insbesondere ihr Lächeln waren bezaubernd.

Ich hatte mir extra viel Mühe gegeben mich schick zu machen, hatte aber nicht gewusst, was Soleil anzog. Ich wollte sie nicht in Verlegenheit bringen indem ich viel weiter herausgeputzt war als sie. Andererseits wollte ich gar nicht erst so tun, als wäre es mir egal wie ich aussehe, besonders nicht vor ihr. Sie durfte wissen, dass es keinen einzigen nonchalanten Knochen in meinem Körper gab. Sie durfte wissen, dass dieses Date, und sie mir wichtig waren. Sie sollte wissen, dass ich passioniert war, und dazu stand. Einem kleinen Teil in mir war es sogar besonders wichtig, die positive Seite von mir hervorzuheben. Eine kleine und gemeine Stimme in meinem Hinterkopf erinnerte mich daran, in welchen Zuständen Soleil mich bisher erlebt hatte. Ich war allenfalls müde, zerstört, kaputt gewesen. Ich war nie ich selbst, sie hatte bisher nicht mich kennengelernt, nicht die richtige Josefine, nicht den begeisterten und spaßigen Menschen, geleitet von Lebensfreude und liebe, der ich war. Und diese kleine gemeine Stimme in meinem Kopf, flüsterte mir ganz leise zu, dass ich mich nun bemühen musste spaßig zu sein, denn sonst würde Soleil mich als Bürde sehen. Vielleicht würde es sie nicht abschrecken eine Freundschaft mit mir zu pflegen, aber attraktiv finden, würde sie mich nicht mehr. Diese Stimme war ein mieser Verräter, das wusste ich. Soleil war nicht oberflächlich, das wusste ich, dennoch gab ich dem Impuls so weit nach, als das mein Lächeln ein wenig breiter ausfiel als sonst. Auch mein Äußeres ließ ich wieder ein wenig mehr strahlen. Strahlen für die Sonne, die soeben meine Wohnung betreten hatte.

Sie sah so unfassbar schön aus. Ihre langen, im Licht meiner Flurbeleuchtung glänzenden, blonden Haare trug sie halb offen und gelockt. Einen Teil hatte sie zu einem kleinen Knoten an ihrem Hinterkopf hochgesteckt. Sie trug ein graues Strickkleid und eine schwarze Strumpfhose. Sie hatte genau das Flair meines Aussehens getroffen. Sie sah schick aus, aber auch nicht overdressed, sie sah normal aus, aber auf eine fesselnd anmutige Weise. Als ich sie so ansah, mit ihrem leicht schüchternen Blick in den Augen, fing mein Herz allmählich wieder an, schneller zu schlagen. Sie hielt einen Strauß mit Schleierkraut in ihrer Hand, der so gut duftete als sie ihn mir entgegenstreckte, dass es unwirklich schien. Ich liebte diese Blumen mit ihren kleinen süßen Köpfchen. Mit einem Lächeln auf meinen Lippen nahm ich das Bouquet entgegen und bat sie weiter herein. Sie hatte einen Geruch an sich der wundervoll war, wie eine Mischung aus frisch gemähtem Gras an einem warmen Sommertag und Orchideen. Als sie eingetreten war, stellte sie ihre Tasche ab. Der Blick aus ihren wunderschönen blauen Augen scannte meinen Flur und den sichtbaren Teil meines Wohnzimmers. „Schön hast du es hier", sagte sie und sah mich an, diese Augen, diese meeresblauen Augen! Ich merkte, wie ich ein wenig verlegen wurde. „Dankeschön", erwiderte ich schließlich. Es lag ein Schweigen im Raum, weil keine von uns so wirklich wusste, was sie sagen oder tun sollte. Es war, als wäre etwas zwischen uns, von dem wir beide Angst hatten, es könne zerbrechen, wenn eine von uns etwas Falsches sagte oder tat. Ich merkte, wie mir eine leichte Röte in die Wangen stieg. Ich konnte nicht anders, ich musste sie schon wieder betrachten, ihr schönes Gesicht mit diesen perfekt geformten Lippen, die ich nur zu gerne küssen würde, der Schwung ihrer Nase. Sie war so unfassbar hübsch und ihre Sommersprossen brachten mich erst recht um den Verstand. „Sollen wir in die Küche gehen?", fragte sie und ich nickte zustimmend.

„Hast du Lust auf Musik?" Ich hatte die stille Hoffnung, dass Musik es war, die uns beiden den Ruck gab, uns zu entspannen. Wir hatten solch eine schöne und tiefgründige Konversation geführt, als wir in dem Café saßen. Als sie mir zustimmend zunickte, stellte ich das Küchenradio an. Es lief „Est-ce que tu m'aimes?" von GIMS, wie passend. Es war ein magischer Anblick, als Soleil einfach begann zu tanzen. Sie war so selbstbewusst, das bewunderte ich regelrecht an ihr.

Ich nahm ein Messer aus der Küchenschublade und fing an, Tomaten und die Gurke erst in Scheiben und dann in Würfel zu schneiden. Währenddessen wusch Soleil den Salatkopf. Hin und wieder warf ich weitere Blicke zu ihr hinüber, sie faszinierte mich! Ihre Beine, das süße Lächeln, sie war die Verkörperung von allem, was ich mir jemals vorgestellt hatte, und nun stand sie in meiner Küche. Als sie fertig war, nahm ich auch den Salatkopf in die Hand und fing an ihn auf dem Schneidebrettchen in Stücke zu schneiden. „Josefine", rief Soleil lachend aus, „Was machst du denn da?

„Naja, ich schneide den Salat", gab ich ein wenig verlegen zu.

„Man schneidet doch keinen Kopfsalat", tat sie gespielt belehrend, „Das ist ja schrecklich!"

„Ich habe es um ehrlich zu sein nie anders gemacht", antwortete ich mit einem Lächeln.

„Ein wenig eigen, aber irgendwie auch ziemlich süß",

erwiderte sie grinsend, wobei ihre tiefblauen Augen sich förmlich in meine fraßen. Ihr Blick war durchdringend und ich hatte das Gefühl sie könne mit ihren Augen auf direktem Weg in meine Seele schauen. Es war wie in einem dieser Romantikfilme, von denen man sagte, sie wären unrealistisch, und so etwas würde in der realen Welt nie passieren; unsere Blicke verhakten sich, und nun fing auch sie an, leicht zu erröten. Der Moment kam mir vor wie eine halbe Ewigkeit. Ich hatte das Gefühl zu ertrinken, auf die bestvorstellbare Weise. „Also darf ich weiter machen?" fragte ich, ratlos tuend.

„Aber natürlich!", entgegnete sie mit einer Menge an Wohlwollen in ihrer Stimme, die mich schmunzeln ließ. Sie tat so, als würde sie ein Kind ermutigen, welches zum ersten Mal schwimmen lernen sollte. Ich liebte ihre Art von Humor, sie war perfekt, einfach nur perfekt. Während ich also weiter den Salat massakrierte, kümmerte Soleil sich, noch immer zur Musik um mich herumtanzend, um das Dressing. Ich war so darauf fokussiert gewesen, mir nicht in die Finger zu schneiden, dass ich kurz zusammenschreckte, als sich von hinten langsam zwei Hände um meine Taille legten und vorsichtig meinen Bauch umschlossen. Ich merkte, wie mein Herz anfing schneller zu schlagen, als ich spürte, wie ihr Oberkörper sich gegen meinen Rücken schmiegte. Kurz schoss mir Janes Bild durch den Kopf, doch diesen Moment würde ich mir nicht von ihr nehmen lassen. Als ich ihren warmen Atem auf meinem Nacken fühlte, war es um mich geschehen. Ich drehte mich langsam zu ihr um, darauf bedacht in ihren Armen zu bleiben. Dieses Mal dauerte unser Blickkontakt deutlich länger an. Ich sah zu ihr hinunter und sie sah zu mir hinauf. Ich verlor mich in ihrem Blick, der so tief war, wie der pazifische Ozean und genoss den Moment. Ich hatte das Gefühl fliegen zu können, und gleichzeitig Kilometer tief zu fallen. Es war dieser Moment, in dem mir klar wurde, dass diese Frau alles wert war. Ich stand hier, in dieser Sekunde in ihren Armen und schaute in ihre Augen. Mein Leben könnte nicht besser sein.

Schließlich spürte ich, wie ihr Griff um meine Hüfte ein wenig fester wurde, was mich aus meinem Trancezustand zurück in die Realität katapultierte. Ich nahm ihre Taille in meine Hände, hob sie hoch und setzte sie hinter mir auf der Arbeitsplatte ab. Sie nahm es mit einem Laut der Verwunderung zur Kenntnis. Nun musste ich zu ihr hochschauen. Meine Hand streichelte sachte ihre Wange, strich ihr eine Haarsträhne hinters Ohr. Meine andere Hand lag auf ihrem unteren Rücken, circa auf Höhe des Steißbeins. Ihre Finger streichelten sanft über mein Schlüsselbein, bis sie mein Gesicht in ihren Händen hielt. Sie näherte sich mir langsam an, doch bevor unsere Lippen sich berühren konnten, stoppte sie. „Are we about to kiss?", hauchte sie kaum hörbar. Wir waren so dicht beieinander, dass ich ihre Worte nicht nur hören, sondern auch auf meinen Lippen spüren konnte. „I'm all yours", war das letzte, was ich sagte, bevor sie mich küsste, und Küssen war eine Untertreibung. Es war magisch, *sie* war magisch.

Erst war ihr Mund auf meinem sanft, erforschte vorsichtig meine Lippen, doch dann spürte ich langsam ihre Zunge in meinem Mund. Ihre Lippen auf meinen wurden verlangender, und ich schmiegte meinen gesamten Körper an sie. Ich konnte die physische Distanz zwischen uns kaum ertragen, sie konnte mir nicht nahe genug sein, und als habe sie meine Gedanken gehört, zogen nun auch ihre Hände meinen Körper näher zu sich, so dass uns nun kein einziges Molekül mehr trennen konnte. In mir explodierte ein Feuerwerk der Gefühle. So etwas wie gerade hatte ich noch nie gespürt. Sie stöhnte leise in meinen Mund, es schien ihr genauso zu gefallen. Meine Hand verließ nur ihre Taille, streichelte über ihren Hinterkopf, fuhr ihr durch ihr wunderschönes honigfarbenes Haar, das nun offen war, da ihr Haarknoten sich beim Tanzen gelöst hatte. Sie biss sanft in meine Unterlippe. Als Antwort entfuhr nun auch mir ein Laut. Die Minuten, in denen ich den besten Kuss meines Lebens hatte, vergingen wie Sekunden, und ich wollte, dass es niemals aufhörte, dieses angenehme Ziehen in meinem Bauch, wenn ihre Hände und ihr Mund diese Dinge mit mir taten, doch schließlich lösten wir uns langsam voneinander. Ich hörte ihren Atem, fühlte ihn sanft auf meiner Nase.

Als sie noch immer mit einer leichten Röte im Gesicht von der Arbeitsplatte rutschte, und ich mich daran machte, die Teller mit Salat zu drapieren, schaltete Soleil die Musik aus. Nach unserem Kuss war die Stimmung nicht mehr unsicher wie am Anfang, sondern vertraut wie neulich. Während wir aßen, unterhielten wir uns über alles Mögliche, und ich fühlte mich freier und verstandener denn je.

An diesem Abend erfuhr ich auch viel über Soleil. Sie liebte es genau so sehr wie ich zu diskutieren, hatte eine Schwäche für die Philosophie, und war, auch wenn dieser Teil keine wirklich neue Information für mich war, eine absolute Frohnatur. Sie hatte eine wunderschöne Seele.

Nach dem Essen entschieden wir uns dazu, einen Film zu schauen. Zusammen setzten wir uns auf meine Couch und ich stellte den Laptop auf unsere Beine. Wir saßen eng beieinander, was sich innerhalb von Sekunden auf meine Herzfrequenz ausübte. Als der Film startete, spürte ich, wie sie ihren Kopf auf meinem Oberkörper ablegte. Ich nahm sie in den Arm und unsere Blicke trafen sich. Ich musste sofort wieder anfangen zu lächeln. Sie war wundervoll.

So saßen wir da, bis etwa zur Hälfte des Filmes, doch als die Kussszene an der Reihe war, nahm sie vorsichtig mein Gesicht in ihre Hände und drehte meinen Kopf zu sich. Nachdem Soleil sich mit einem Blick bei mir vergewissert hatte, dass es für mich in Ordnung war, fanden ihre Lippen die meinen. Dieser Kuss war anders. Sie fing an, leicht in meine Unterlippe zu beißen, bevor sie eine Kussspur bis zu meinem Schlüsselbein führte. Es fühlte sich unbeschreiblich an. Ich hörte, wie sie mit

einer Hand vorsichtig den Laptop zuklappte und beiseite-
stellte, dann gehörte ihre Aufmerksamkeit vollkommen mir.
Sie beugte sich über mich, drängte mich mit dem Rücken auf
die Couch, bis ich lag. Ihr Körpergewicht drückte mich sanft
in die Polster des Sofas. Ihre Zunge streichelte das Innere meines Mundes. Ich keuchte, als meine Gefühle drohten überzu-
kochen. Und dann war da dieser Moment, indem wir uns
kurz voneinander lösten. Ihr Gesicht schwebte nur Millimeter
über meinem. Wir fingen beide an zu lächeln, ich sah es nicht,
aber ich fühlte es, so nah war sie mir. Diesen Moment emp-
fand ich als unbeschreiblich intim, weil er mir zweigte, wie
viel Glück wir beide wegen eines Kusses spürten. Es war, als
hätte sich in diesen Sekunden ein besonderes Band zwischen
uns geknüpft, es war, als wäre ein Teil ihrer Seele in mich
übergegangen.
Meine Hand legte sich auf ihren unteren Rücken und ich set-
zet uns auf. Meine Beine schlangen sich um ihre Hüften, und
ich drückte sie im Sitzen gegen die Lehne der Couch. Meine
Hände legten sich um ihren Nacken und ich küsste ihren Hals,
hauchte Küsse auf ihre Wangenknochen. Als sie ausatmete,
war ein unkontrollierbarer Laut zu vernehmen.
Ich fing wieder an, Soleils Lippen zu küssen. Unsere Zungen
stießen aneinander. Ich stand vorsichtig auf, uns weiter küs-
send wankten wir in Richtung Schlafzimmer.
Vorsichtig, einen Knopf nach dem anderen, öffnete sie meine
Bluse, und für jedes Stück Haut welches sichtbar wurde, gab
sie mir einen Kuss an jene Stelle. Nun war die Spitze meines
oberginefarbenen BHs zu Gänze sichtbar. Ihre Finger fuhren
über meine Bauchmuskeln. Ich ergriff vorsichtig ihre Hüfte
und hob sie hoch. Behutsam legte ich sie auf dem Bett ab und
lehnte mich über sie. Sie zog mich zu sich nach unten und
nachdem ich mich versichert hatte, dass sie nichts dagegen
hatte, zog auch ich ihr das Oberteil aus. Ich küsste ihr De-
kolleté, ihren Bauch. Ihre Arme lagen neben ihrem Kopf auf

dem Kissen. Ich hielt sie fest, vernahm, wie sie scharf einatmete.

Sie lehnte sich mir entgegen, ihr Rücken formte sich zu einem Hohlkreuz, und ich machte dort weiter, wo wir aufgehört hatten.

Nach einiger Zeit rollte ich mich zur Seite, mein Blick auf sie gerichtet. Ich lag auf den Rücken, und sie drehte sich auf den Bauch, schmiegte sich an mich.

Ich fühlte ihre warme Haut auf meiner, und ein hitziges Gefühl breitete sich in mir aus.

„Bin ich eigentlich deine erste Wahl?", wisperte Soleil. „Nein", antwortete ich. Erschrocken sah sie mich an. Ich fuhr mit meiner Hand durch ihre Haare. „Wenn du nur meine erste Wahl wärst, dann gäbe es noch jemand anderen, für den ich etwas ähnliches empfinden würde. Du bist nicht meine erste Wahl, und das wirst du auch niemals sein. Du bist meine einzige Wahl!"

„Ich liebe dich", waren ihre letzten Worte, bevor wir gemeinsam einschliefen.

Wahre Begebenheiten (Notiz der Autorin)

Die in diesem Buch erzählte Geschichte beruht auf wahren Begebenheiten, welche im Folgenden geschildert und erklärt werden.

Auch wenn die drei Protagonistinnen dieses Werkes alle volljährig sind, existierten in Realität nur zwei Kinder.

Ich lade Sie auf eine Reise ins Jahr 2020 ein. Dort treffen wir Lilli (Josefine) und Fiona (Jane). Die beiden kennen sich aus der Schule. Sie gehören zu unterschiedlichen Jahrgängen, wurden einander allerdings aufgrund vieler gleicher Eigenschaften vorgestellt.

Zu diesem Zeitpunkt ist Lilli 13 und Fiona 14 Jahre alt. Jegliche Szenen der Geschichte, die den Schauplatz der Universität haben, fanden so, bis auf eine Außname in der Schule der beiden Mädchen statt.

Die Szenen, die bei Josefine zu Hause spielen, finden nicht in Lillis Wohnung, sondern in ihrem Zimmer statt.

Lilli war immer ein freundliches Mädchen, aber Zeitens dessen sehr unsicher. Sie hatte keine Freunde, und wenig soziale Zugehörigkeit. Da sie anders war, als die meisten anderen Kinder ihres Alters, was im Grunde daran lag, dass sie einen weit überdurchschnittlich hohen Intelligenzquotienten aufwies, wurde sie nicht selten ausgeschlossen oder gehänselt. Dies formte ihren sowieso recht schüchternen Character sehr unsicher und offen dafür, alles anzunehmen, was in irgendeiner Form Liebe und Akzeptanz ihrer Person nahe zu kommen schien.

Fiona war Lillis genaues Gegenstück. Sie wusste, was sie wollte, und schämte sich nicht dafür, anders zu sein. Sie war eigen, und wurde daher von gleichaltrigen ebenfalls als befremdlich wahrgenommen, was sie allerdings nur darin bestärkte, dass sie etwas Besonderes sei. Auch ging sie Beziehungen selten um des Menschen willen ein, sondern wägte ab, welchen Nutzen sie aus welcher Interaktion ziehen konnte. Das war Lilli zu diesem Zeitpunkt allerdings nicht bewusst.

Die Kernszenen, die sich um Josefines Gefühle drehen sowie die Schilderung des sexuellen Missbrauchs sind die- zugegeben unbeschönigte- Wahrheit des Passierten.

Wie vorhin bereits erwähnt, fand eine Szene an der Schule/Uni nicht im echten Leben statt, doch um dies gebührend zu erklären, werde ich Ihnen wohl eine weitere Information offenlegen müssten. Guten Tag, mein Name ist Lilli Josefine Wettke und was sie soeben gelesen haben, ist Teil meiner persönlichen Geschichte. Nun gut, das war vermutlich eine Überraschung nehme ich an, doch eine gute Sache hat der Fakt, dass Sie dies nun Wissen; Ich kann endlich aufhören über mich selbst, beziehungsweise mein Alterego in der dritten Person zu sprechen. Das fühlt sich nämlich durchaus eigenartig an (wenn Sie mir nicht glauben, probieren Sie es doch einfach einmal selbst).

Okay, aber Spaß beiseite. Sie lesen diesen Teil des Buches, weil Sie sich für die wahren Begebenheiten meiner Erzählung interessieren. Immerhin gehe ich nun einmal davon aus.

Wie gesagt, fand eine der geschilderten Situationen im echten Leben nie so statt, und das ist Janes vorgetäuschter Suizidversuch. Doch wieso habe ich diese Szene dann eingefügt? War mir einfach nur langweilig? Fehlanzeige. Während unserer „Freundschaft" hat Fiona mir des Öfteren, mal mehr, mal weniger durch die Blume gesagt, dass sie mental nicht stabil sei oder war, und die Chance bestand, dass sie sich das Leben nehmen würde, wenn ich sie verließ. Dies hat bei mir dazu geführt, dass ich für einen Zeitraum von mehr als einem Schuljahr nahezu schulstündlich das Bild vor Augen hatte, wie gleich eine der Sekretärinnen in den Raum treten, und mir offenbaren würde, Fiona hätte sich auf immer eine neue Art und Weise das Leben genommen. Was konstanter Teil dieser Horrorvisionen war, war der Fakt, dass man bei ihrem Körper immer einen Brief fand, der mir die vollständige Schuld an der Situation zuschrieb. Manchmal stürmte sie auch mit gezücktem Messer in meinen Klassenraum, schrie mir die Schuld ins Gesicht, und erstach sich vor meinen Augen. Diese Vision hatte ich mehrfach, und sie war jedes Mal gleich schmerzhaft. Einmal schaffte ich es jedoch mich zwischen sie und das Messer zu werfen, was im Umkehrschluss dazu führte, dass sie mich erstach, statt sich. Auf eine seltsame Weise, war dies die angenehmste dieser Art von Visionen, die ich zu diesem Zeitpunkt erlebte.

Die thematisierten Briefe werden in besagter Szene würdig durch den Character Soleil vertreten, den ich in meinem Kopf schuf. Ihre Existenz hat mehrere Hintergründe. Sie symbolisiert in den Teilen des Buches, in denen sie mit Fiona, oder in diesem Falle Jane interagiert den emotionalen Missbrauch, den ich durch Fiona bis zu diesem verhängnisvollen Tag des sexuellen Übergriffes erlitten hatte. Wie Soleil auch, war ich Zeitens dessen nicht in der Lage zu verstehen was mit mir passierte. Aufgrund dessen, dass auch diese Art von Missbrauch zu meiner Geschichte gehört, habe ich mich entschlossen, dies an der Charakterdynamik zwischen Jane und Soleil festzumachen.

In der Beziehung mit Josefine, habe ich Soleil zu dem Charakter erkoren, der sowohl die gesellschaftlichen Bürden verkörperte, auf die ich stieß, wenn ich mich an manchen Stellen dazu entschloss, die Courage aufzubringen, und über das, was mir passiert war offen zu sprechen. Sagen wir es einfach mal so und nennen wir es beim Namen; viele Reaktionen, die ich bekam, waren unprofessionell, unreif, und verletzend. Rückblickend kann ich von mir behaupten, bereits damals reifer gewesen zu sein als der oder die ein oder andere Erwachsene. Jedenfalls im Hinblick auf solche Situationen.

Im Endverlauf der Geschichte, ändert sich jedoch die Rolle der Soleil zu einem Charakter, der ebenfalls leidet, und ein wichtiger Teil von Josefines Leben wird. Auch hier ist Soleil eine Vermenschlichung von zwei Dingen. Einerseits ist sie die emotional intelligente und reife Stütze, die ich mir damals sehr gewünscht hätte. Soleil behandelt Josefine auf eine Art und Weise, von der ich mir gewünscht hätte, auch so behandelt worden zu sein. Andererseits ist sie selbst zerbrochen und traurig. In der Szene, nachdem sich alles aufgelöst hat, werden wir Augenzeugen davon, wie Josefine Soleil in den Arm nimmt und tröstet. Hier beziehe ich mich auf eine sehr spezifische Eigenschaft meiner Person, auf die ich zugegeben nicht minder stolz bin. Bereits als Kind oder Jugendliche, war ich eine Person mit ausgeprägtem Gerechtigkeitssinn, die sich zwar selten für sich selbst, aber immer für andere eingesetzt hat. Auch heute versuche ich weitestgehend weiterhin diese Eigenschaft zu verkörpern. Ich bin ein Mensch, der gerne für andere da ist, und den es glücklich macht, anderen eine Freude zu machen. Diese Szene habe ich nicht geschrieben, um an mich selbst Lorbeeren zu verteilen, sondern weil ich der dreizehnjährigen Lilli sagen wollte; „Hey, das hast du verdammt gut gemacht. Ich bin stolz auf dich!" Ich war damals selbst zerbrochen, habe aber deswegen nie aufgehört, mich auch um andere zu kümmern. Das ist eine Eigenschaft, die ich mag.

Wenn Ihnen das Buch gefallen hat, oder gegebenen Falls auch nicht, wenn Sie Fragen, Anmerkungen oder Kommentare haben, dann freue ich mich, wenn Sie mich dies Wissen lassen. Hinterlassen Sie mir gerne eine Direktnachricht oder einen Kommentar auf Instagram (@written.by.lilli) oder schreibe mir eine E-Mail (lilli.wettke@gmx.de).

Der echte Fall

Dieses Bild wurde am selben Tag aufgenommen.
Lilli J Wettke aka. Josefine
geboren am 11.01.2007
Tatzeitpunkt: 16.10.2020
Alter zur Tatzeit: 13 Jahre

Fiona K. aka. Jane
geboren am 08.09.2006
Alter zur Tatzeit: 14 Jahre
(Weitere Informationen halte ich aus Anonymitätsgründen
zurück)

Danksagung

Mein erster Dank geht an alle, die mich in irgendeiner Art und Weise unterstützt haben. Insbesondere möchte ich mich auch bei meinen Freundschaften bedanken. Bei denen, die geblieben sind, danke Phillip, danke Julia, und bei denen, die ich neu gewonnen habe, und die mich von Anfang an mit all meinen Problemchen und Eigenheiten akzeptiert und geliebt haben. Ich habe euch lieb! Danke Isa, Danke Lena, Danke Alice, Danke Theresa, Danke Tim, Danke Lana, Danke Julia, Danke Dora, Danke Inea, Danke Leonie (Niiku).

euch gebührt der Spruch „If life gives you gators, make Gatorade 🐊 🥤 "

Auch möchte ich mich, wie es mittlerweile in meinen Büchern irgendwie zur Tradition geworden ist, bei meiner wundervollen L bedanken.

An dieser Stelle würde ich mich gerne selbst zitieren, denn besser als in einem meiner (unabgesendeten) Briefe an dich, kann ich es eigentlich nicht ausdrücken;

Du hast meine Fähigkeit zu lieben wieder zu mir zurückgebracht. Nicht einfach zu flirten, oder für jemanden zu schwärmen, sondern echt, voll und ganz zu lieben; Denn was ist ein Mensch, ohne die Fähigkeit zu lieben?

Eines Tages werden wir gemeinsam glücklich wie Josefine und Soleil <3

Mein letzter Dank gilt den Personen, die mich spezifisch beim Schreiben dieses Buches unterstützt haben. Vielen Dank an meine wundervollen Lektorinnen meine Fotografin und die Leute, die meinen Schreibprozess auf Instagram (@written.by.lilli) verfolgen. Danke an die wundervolle Anna von @artbythorod, die mit ihren Zeichnungen meine Charaktere zum Leben erweckt hat. Die Zusammenarbeit mit dir war großartig! Danke auch an mein Lieblingscafé @othello_kaffeebar. Eurem Vanilla Chai Latte mit Zimt verdanke ich die Energie für circa die Hälfte der Szenen, die sich in diesem Buch befinden. Ganz ehrlich, ihr seid großartig!

Lilli J Wettke ist am 11.01.2007 in Trier geboren. Sie veröffentlichte bereits mehrere Werke, unter anderem 'Drenched - Love letters I wish I could send you' und '612 - Encounters with a stranger'. Als ihr erster Roman erschien, war sie vierzehn Jahre alt. Neben ihrem Job als Karatelehrerin interessiert sie sich für Philosophie, Psychologie, Poesie und Physik. In ihrer Freizeit ist Lilli gerne kreativ, verbringt Zeit mit ihren Freundinnen und widmet sich neben dem Lesen und dem Schreiben der Kunst.

Auch politisch ist sie gerne informiert und engagiert, weshalb sie neben ihrer Tätigkeit als junge Autorin, bereits einen Preis für ihre Fähigkeit als Rednerin erhielt.

In diesem Roman ist ihr hauptsächliches Ziel, für Aufmerksamkeit zu sorgen. Sie hat sich entschlossen, ihre persönliche Geschichte zu teilen, um Opfern eine Stimme zu geben, und zu sagen: Du bist nicht allein!

Auf Instagram kann man sie unter @lilli.wettke und @written.by.lilli finden.